これはミニオンたちが
グルーに出会《であ》う前《まえ》の
遠《とお》い遠《とお》い昔《むかし》のお話《はなし》――…

ミニオンズ

恐竜時代《きょうりゅうじだい》

人類《じんるい》よりも
はるか昔《むかし》から存在《そんざい》するミニオンたち。
今《いま》も昔《むかし》も彼《かれ》らの生きがいはただひとつ。

原始時代《げんしじだい》

石器時代《せっきじだい》
〝最《さい》強《きょう》のボスに仕《つか》え、
ボスを喜《よろこ》ばせること〟
暗黒時代《あんこくじだい》
古《こ》代《だい》エジプト時《じ》代《だい》

ミニオンたちがボスを失《うしな》う――…!?

様々《さまざま》なボスに仕《つか》えてきたミニオンたち。でも、あるボスのもとで大《おお》きなミスをおかし、無人《むじん》の氷《こおり》の洞窟《どうくつ》へ逃《に》げ込《こ》むことに。そこでミニオンたちだけの生活《せいかつ》が始《はじ》まるが…!?

洞窟《どうくつ》のまわりに家《いえ》や塔《とう》を建《た》て、平和《へいわ》に暮《く》らすミニオンたち。しかし、ボスのいない生活《せいかつ》で心《こころ》にぽっかり穴《あな》のあいた彼《かれ》らは、日《ひ》に日《ひ》に元気《げんき》を失《うしな》い、滅亡《めつぼう》の危機《きき》に!

そんな時《とき》

ひとりのミニオンが

立《た》ち上《あ》がった!!

ケビン

頼《たよ》れるリーダー。
ミニオン滅亡《めつぼう》の
危機《きき》を救《すく》う!?

ケビンはみんなに
最高《さいこう》のプランを打《う》ち明《あ》ける——!!

旅《たび》に出《で》ようー!!」

旅《たび》の助《すけ》っ人《と》はこの2人《ふたり》!

ボブ

好奇心旺盛《こうきしんおうせい》で助《すけ》っ人《と》にも
自《みずか》ら立候補《りっこうほ》!
だけど小心者《しょうしんもの》でドジっ子《こ》。

スチュアート

夢《ゆめ》はロックスター!
寝《ね》ている間《あいだ》にいつ
の間《ま》にか助《すけ》っ人《と》
メンバーに!?

「最《さい》強《きょう》最《さい》悪《あく》のボスを見《み》つける

大《おお》きな希望《きぼう》を胸《むね》に
山《やま》を越《こ》え、海《うみ》を越《こ》え——…

3人《にん》がたどり着《つ》いた場所《ばしょ》は
「ニューヨーク」!!

ティム
旅《たび》の途中《とちゅう》で拾《ひろ》った
ぬいぐるみ。
ボブの友《とも》だち。

最強《さいきょう》の悪党《あくとう》現《あらわ》る――…!?

世界《せかい》最強《さいきょう》の悪党《あくとう》が集《あつ》まる「大悪党大会《だいあくとうたいかい》」でスカーレットに出会《であ》ったミニオンたちは、彼女《かのじょ》を新《あら》たなボスにすると決《き》めるが…!?

ハーブ

スカーレットの夫《おっと》。
発明家《はつめいか》。

スカーレット・オーバーキル

世界中《せかいじゅう》の悪党《あくとう》が注目《ちゅうもく》する、
史上初《しじょうはつ》の女大悪党《おんなだいあくとう》。

しかし、この出会《であ》いがミニオンたちに大《おお》きな危機《きき》をもたらす――…!!

ミニオンズ

澁谷正子／著
ブライアン・リンチ／脚本

★小学館ジュニア文庫★

1

読者《どくしゃ》のみなさんはミニオンを知《し》っているだろうか？

怪盗《かいとう》グルーの手下《てした》として月《つき》を盗《ぬす》もうとしたり、恐《おそ》ろしい悪党《あくとう》の手《て》から地球《ちきゅう》を守《まも》ったりした黄色《きいろ》い卵形《たまごがた》の生物《せいぶつ》の集団《しゅうだん》だ。何百人《なんびゃくにん》といるが、みな体長《たいちょう》70センチくらいと小柄《こがら》で脚《あし》が短《みじか》く、自分《じぶん》たちだけに通《つう》じるミニオン語《ご》で話《はな》すのが特徴《とくちょう》だ。

実《じつ》は、ミニオンは人類《じんるい》より前《まえ》から地球《ちきゅう》に存在《そんざい》していた。

地球《ちきゅう》は約《やく》46億年前《おくねんまえ》、塵《ちり》の雲《くも》とガスから生《う》まれた。大気《たいき》は火山性《かざんせい》のガスとわずかな酸素《さんそ》しかなく、生物《せいぶつ》が生《い》きていくには適《てき》さない環境《かんきょう》だった。そのため地球最初《ちきゅうさいしょ》の生物《せいぶつ》は海《うみ》の中《なか》で誕生《たんじょう》し、進化《しんか》していった。

ミニオンたちも海《うみ》で生《う》まれ、海《うみ》で暮《く》らしていた。

やがて大気中《たいきちゅう》の酸素《さんそ》の量《りょう》が増《ふ》えて、生物《せいぶつ》が陸《りく》でも暮《く》らせる環境《かんきょう》が整《ととの》うと、ミニオンたちもゴーグルをかけたまま、海《うみ》から陸《りく》に移動《いどう》した。

彼《かれ》らにはひとつの大《おお》きな目的《もくてき》があった。それは、世界《せかい》でもっとも凶悪《きょうあく》なボスに仕《つか》えることだ。陸《りく》に上《あ》がったら、きっとボスに出会《であ》える！　みんなはわくわくしていた。

陸《りく》でミニオンたちが最初《さいしょ》に目《め》にしたのは、恐竜《きょうりゅう》だった。体《からだ》が10メートル以上《いじょう》はあり、長《なが》い尻尾《しっぽ》が生《は》えていて、見《み》るからに恐《おそ》ろしそうだ。ぱっくりと大《おお》きな口《くち》をあけ、牙《きば》をむきだして恐竜《きょうりゅう》が吠《ほ》えた。

「ギャオー！」

ふつうならびっくりして逃《に》げだすところだが、ミニオンの集団《しゅうだん》はちがった。この大《おお》きくて獰猛《どうもう》そうな生《い》き物《もの》こそ、自分《じぶん》たちの探《さが》していたボスではないか？

「ボース！」

ミニオンたちは大喜《おおよろこ》びで、さっそくあとをくっついていった。

ある日《ひ》、いつものように恐竜《きょうりゅう》のあとを歩《ある》いている途中《とちゅう》、大《おお》きな岩《いわ》の陰《かげ》にバナナの木《き》を発《はっ》見《けん》した。

「バナーナ！」

ひとりが意気揚々《いきようよう》と叫《さけ》んだ。彼《かれ》らはバナナが大好物《だいこうぶつ》なのだ。が、勢《いきお》いよくバナナをもぎ取《と》った拍子《ひょうし》に、岩《いわ》が動《うご》きだし……ごろごろ坂《さか》を下《くだ》っていった。

のしのしと歩《ある》いていた恐竜《きょうりゅう》は、突然《とつぜん》うしろから岩《いわ》が追《お》いかけてきて、びっくり！　あわてて岩《いわ》に飛《と》びのった。

恐竜《きょうりゅう》を乗《の》せて、岩《いわ》はどんどんスピードを増《ま》して坂《さか》を下《くだ》っていく。

ボス、待《ま》って！　ミニオンたちは、あわててあとを追《お》いかけた。

崖《がけ》の縁《ふち》で、ようやく岩《いわ》は止《と》まった。崖《がけ》の下《した》では、真《ま》っ赤《か》な溶岩《ようがん》がボコボコ噴《ふ》きでている。

ボスが大変《たいへん》だ！　恐竜《きょうりゅう》を追《お》いかけようとしてミニオンの何人《なんにん》かがあせって足《あし》をすべらせ、そのまま坂道《さかみち》を転《ころ》がった。コロコロ……ひとりが岩《いわ》にぶつかって止《と》まった。

「マカロ」

ふう、よかった。ミニオンは岩《いわ》の下《した》で体《からだ》を起《お》こそうとした。と同時《どうじ》に、危《あや》ういところで止《と》まっていた岩《いわ》が崖《がけ》の縁《ふち》からせりだし……恐竜《きょうりゅう》は岩《いわ》もろとも崖《がけ》の下《した》に落《お》ちていった。

こうして最初《さいしょ》のボスは、いなくなってしまった。ボスを見《み》つけるのは簡単《かんたん》だが、失《うしな》うのもたやすかった。

やがて石器時代《せっきじだい》となり、人類《じんるい》があらわれた。彼《かれ》らは恐竜《きょうりゅう》とはちがっていた。二本足《にほんあし》で歩《ある》き、ずっと小《ちい》さく、毛《け》むくじゃらで、賢《かしこ》かった。火《ひ》をおこすことを発明《はつめい》したのも彼《かれ》らだ。

新《あたら》しいボスだ！　ミニオンたちはすぐ、人間《にんげん》のあとをぞろぞろとついていった。人間《にんげん》を好《す》きになり、仕《つか》えようとしたのだ。

あるとき、一頭《いっとう》のクマが彼《かれ》らの前《まえ》にあらわれた。

「ガオー！」

クマは大《おお》きな口《くち》をあけた。人間《にんげん》はすかさず近《ちか》くに落《お》ちていた大《おお》きな骨《ほね》で、クマに殴《なぐ》りかかろうとした。と、ひとりのミニオンが、

「ピニャータ、ピニャータ」

と、蠅叩《はえたた》きを渡《わた》した。それで殴《なぐ》れというのだ。

人間《にんげん》は素直《すなお》に蠅叩《はえたた》きでクマを叩《たた》いた。が、そんなものでかなうはずがない。

「ガウー！」

哀《あわ》れな人間《にんげん》は、クマに食《く》われてしまった。かわいそうに。ミニオンを信《しん》じたばかりに、クマのごちそうとなってしまったのだ。

こうして、ミニオンたちはまたボスを失《うしな》ってしまった。


時《とき》は流《なが》れ、古代《こだい》エジプト文明《ぶんめい》があらわれた。エジプトのナイル川《がわ》のほとりは豊《ゆた》かな土地《とち》で、人々《ひとびと》は農耕《のうこう》を営《いとな》み、村《むら》ができた。やがてそれが国《くに》となり、ファラオと呼《よ》ばれる王《おう》が全《ぜん》土《ど》を治《おさ》めた。

ある日《ひ》、ファラオが群衆《ぐんしゅう》の前《まえ》で演説《えんぜつ》をしているときだった。

手前《てまえ》に傾《かたむ》いたピラミッドを直《なお》そうとしたミニオンたちは、ピラミッドの脇《わき》の台《だい》の上《うえ》に立《た》っていた。ピラミッドの頂点《ちょうてん》から吊《つ》るした縄《なわ》の先《さき》に重《おも》しをつけ、それをピラミッドにぶつければ、傾《かたむ》いていたのがもとに戻《もど》るはずだった。

「パンケーキ!」

かけ声《ごえ》をかけ、ひとりのミニオンが縄《なわ》の先《さき》の重《おも》しをピラミッドに投《な》げつけた。傾《かたむ》いていたピラミッドはゆっくりともとに戻《もど》っていき……ファラオや群衆《ぐんしゅう》を押《お》しつぶしてしまった。

こうして、ミニオンたちはまたしてもボスを失《うしな》ってしまった。


やがて中世《ちゅうせい》の暗黒時代《あんこくじだい》に突入《とつにゅう》。ミニオンたちはドラキュラに仕《つか》えていた。新《あたら》しいボスは夜《よ》ごとパーティーに明《あ》け暮《く》れ、昼《ひる》はずっと棺《ひつぎ》の中《なか》で寝《ね》ていた。

まだボスが寝《ね》ていたある昼下《ひるさ》がり、ミニオンたちはわくわくしながら棺《ひつぎ》のある部屋《へや》に入《はい》っていった。ボスのお誕生日《たんじょうび》を祝《いわ》おうとしていたのだ。

ギギーッ。ミニオンたちの手《て》で棺《ひつぎ》の蓋《ふた》があけられた。ん? もう夜《よる》か? ドラキュラは目覚《めざ》め、起《お》きあがった。ミニオンたちはさっと部屋《へや》のカーテンをあけ、横断幕《おうだんまく》を掲《かか》げた。

そこにはこう書《か》かれていた。『357歳《さい》、おめでとう!』

「うぎゃあ！」

明《あか》るい陽射《ひざ》しを浴《あ》びて、ドラキュラはぞっとしたように叫《さけ》んだ。そして見《み》る見《み》るうちに、灰《はい》になった。日光《にっこう》で燃《も》えつきてしまったのだ。


それからも時代《じだい》とともに、ミニオンたちのボスもいろいろ変《か》わっていった。十九世紀《じゅうきゅうせいき》、フランスの皇帝《こうてい》ナポレオンに仕《つか》えてロシアに遠征《えんせい》したときのことだ。

雪《ゆき》に覆《おお》われて凍《い》てつくような寒《さむ》さの中《なか》、フランス軍《ぐん》はロシア軍《ぐん》に向《む》けて大砲《たいほう》を撃《う》とうとしていた。大砲《たいほう》の前《まえ》にはナポレオンが立《た》ち、砲弾《ほうだん》の行方《ゆくえ》を見《み》とどけようとしていた。

号令《ごうれい》がかかった。撃《う》て！

と、そのとき、砲身《ほうしん》に乗《の》っていたミニオンが、つつっと前《まえ》に進《すす》んだ。それとともに砲身《ほうしん》が下《した》に傾《かたむ》き……大砲《たいほう》の前《まえ》にいたナポレオンを吹《ふ》っとばしてしまった。

しまった！　ミニオンたちはいっせいに逃《に》げだした。

おのれ、よくも皇帝《こうてい》を！　怒《おこ》ったフランス軍《ぐん》が、銃《じゅう》を手《て》に追《お》いかける。けれど猛吹雪《もうふぶき》のせいで前《まえ》がよく見《み》えず、フランス軍《ぐん》はミニオンたちを見失《みうしな》ってしまった。

追手《おって》はかわしたものの、吹雪《ふぶき》の中《なか》を逃《に》げつづけるのは骨《ほね》が折《お》れた。いつしかミニオンたちは疲《つか》れ果《は》て、足取《あしど》りも重《おも》くなっていった。

このまま凍死《とうし》してしまうのだろうか？

絶望《ぜつぼう》に襲《おそ》われたそのとき、前方《ぜんぽう》に何《なに》かが見《み》えてきた。氷《こおり》の洞窟《どうくつ》だ。雪《ゆき》をしのぐにはもってこいだ。助《たす》かった、やったぞ！　ミニオンたちは洞窟《どうくつ》に入《はい》った。

「ズーダバズビダバー、ズーダバズビダーバー」

根《ね》が陽気《ようき》なミニオンたちは、さっそく声《こえ》をそろえてうたった。

この洞窟《どうくつ》は自分《じぶん》たちのお城《しろ》だ。好《す》き放題《ほうだい》できるぞ。大《おお》きな雪玉《ゆきだま》を作《つく》ったり、雪合戦《ゆきがっせん》をしたり、みんなはしゃいだ。

こうしてミニオンたちは、氷《こおり》の洞窟《どうくつ》を住処《すみか》として暮《く》らした。やがて周囲《しゅうい》には雪《ゆき》の塔《とう》や建物《たてもの》ができていき、ミニオンの文明《ぶんめい》が生《う》まれた。このままそこで平和《へいわ》に生《い》きていくこともできただろう。

けれど、何《なに》かが足《た》りなかった。心《こころ》にぽっかり穴《あな》があいたままだ。歌《うた》をうたっても、遊《あそ》んでも、心《こころ》から楽《たの》しめない。仕《つか》えるボスがいないと、生《い》きる目的《もくてき》がないのと同《おな》じだ。みんなは、日《ひ》に日《ひ》に元気《げんき》を失《うしな》っていった。このままでは、ミニオンは滅《ほろ》びてしまう。どうしたらいい？

そこで立《た》ちあがったのは、ケビンだ。

2

ずんぐりしたミニオンたちの中《なか》でも、ケビンは比較的《ひかくてき》すらりとしている。ある日《ひ》ケビンはみんなを集《あつ》め、何日《なんにち》も何週間《なんしゅうかん》も何《なん》か月《げつ》もかけて考《かんが》えていた作戦《さくせん》を発表《はっぴょう》することにした。

「えへん」

台《だい》の上《うえ》に立《た》って咳払《せきばら》いをすると、ケビンは防寒服《ぼうかんふく》の胸元《むなもと》からメモの束《たば》を取《と》りだした。が、緊張《きんちょう》していたため、メモを落《お》としてしまった。

「あわわ……」

ケビンはあわてて拾《ひろ》いあげたが、たくさんありすぎて、どのメモが作戦《さくせん》を書《か》いたメモかわからない。もう、いい！　メモなんか見《み》ないで、自分《じぶん》の言葉《ことば》で伝《つた》えよう。

「バディ！」

ケビンは身振《みぶ》り手振《てぶ》りをまじえながら、ミニオン語《ご》で演説《えんぜつ》を始《はじ》めた。

「ぼくは洞窟《どうくつ》を出《で》て、外《そと》の世界《せかい》に行《い》く。世界《せかい》で最高《さいこう》の、これ以上《いじょう》はない凶悪《きょうあく》なボスを見《み》つけるまで帰《かえ》ってこない」

ケビンがボスを探《さが》しに行《い》くって？　ミニオンたちは目《め》をぱちくりさせた。

「でも、助《すけ》っ人《と》がいないと。ぼくひとりでは無理《むり》だ」

ケビンが言《い》うと、すかさずボブが前《まえ》に進《すす》みでた。

「ミー！」

けれどケビンは返事《へんじ》をしなかった。ボブは小柄《こがら》なうえに、少《すこ》し幼《おさな》くてドジなところがある。危険《きけん》な旅《たび》に出《で》るには、向《む》いていないと思《おも》ったからだ。

「ヘイヘイ！　カミイ！」

ボブは必死《ひっし》に手《て》を振《ふ》ってケビンの注意《ちゅうい》を引《ひ》こうとした。

「ノー。ウノウトロ・ミニオン？」

ほかに誰《だれ》かいないか？　ケビンは呼《よ》びかけた。みんなは気《き》まずそうに顔《かお》を見合《みあ》わせた。

と、さっとウクレレを持《も》った手《て》が上《あ》がった。スチュアートだ。

実《じつ》はスチュアートは立《た》ったたままうたた寝《ね》をしていて、ケビンの話《はなし》を聞《き》いていなかった。横《よこ》にいたミニオンが勝手《かって》にスチュアートの手《て》を持《も》って、上《あ》げてしまったのだ。

「スチュアート、カミイ!」

ケビンは喜《よろこ》んで手《て》を差《さ》しだした。みんなの拍手《はくしゅ》が響《ひび》く。スチュアートは事情《じじょう》もわからないまま、仲間《なかま》にほめられているのがうれしくて、前《まえ》に進《すす》んでいった。ケビンの横《よこ》に立《た》つと、ウクレレを弾《ひ》いてうたいだした。

「ボンキュー・ラ・トーダ」

ケビンが歌《うた》をやめさせ、ミニオンの集団《しゅうだん》を見《み》わたした。ほかに誰《だれ》かいないか?

「ウノウトロ?」

ボブが熱心《ねっしん》に手《て》を上《あ》げ、アピールした。が、ケビンは無視《むし》してもう一度《いちど》呼《よ》びかけた。

「ウノウトロ?」

またしても手《て》を上《あ》げたのはボブだけだった。チッ、しかたない。ケビンは舌打《したう》ちをし、ボブを呼《よ》んだ。

「カミイ！」

やったあ！　ボブは大喜《おおよろこ》びで台《だい》に駆《か》けあがり、ケビンに抱《だ》きついた。

ケビンは両脇《りょうわき》のスチュアートとボブの手《て》を取《と》り、雄《お》たけびをあげた。

「クンバヤ！」

スチュアートとボブも叫《さけ》んだ。

「クンバヤ！」


「ビッグボス！　ビッグボス！」

両側《りょうがわ》に並《なら》んだミニオンたちが声《こえ》をそろえて称《たた》える中《なか》、ケビン、スチュアート、ボブの三《さん》人《にん》は洞窟《どうくつ》を出《で》ていった。スチュアートは背中《せなか》にウクレレをくりつけている。

「バイバーイ」

ボブは誇《ほこ》らしげに手《て》を振《ふ》った。

三人《さんにん》は氷《こおり》の洞窟《どうくつ》から出《で》た。雪原《せつげん》が果《は》てしなく続《つづ》き、見《み》わたすかぎり一面《いちめん》の銀世界《ぎんせかい》だ。ボブは息《いき》を呑《の》んだ。自分《じぶん》から進《すす》んで旅《たび》に参加《さんか》したものの、本当《ほんとう》は不安《ふあん》でいっぱいだった。

そんなボブの不安《ふあん》を察《さっ》し、

「オーケイ、オーケイ」

と、ケビンが励《はげ》ました。

ボブの顔《かお》つきが、しだいにきりっとしたものになっていった。そうだ、新《あたら》しいボスを自《じ》分《ぶん》たちが見《み》つけるのだ。仲間《なかま》のためにがんばらなくては。ボブはケビンに答《こた》えた。

「あー、オーケイ、オーケイ。ビッグボス」

よし、出発《しゅっぱつ》だ！

険《けわ》しい雪山《ゆきやま》を越《こ》え、森《もり》を歩《ある》き……長《なが》くつらい旅《たび》が続《つづ》いたが、三人《さんにん》はへこたれずに前《まえ》に進《すす》んだ。やがて、目《め》の前《まえ》に海《うみ》が開《ひら》けてきた。三人《さんにん》はボートを漕《こ》いで海《うみ》を渡《わた》った。陽射《ひざ》しはまぶしく、ロシアの防寒着姿《ぼうかんぎすがた》のままでは暑《あつ》くてたまらない。しだいにみんな、頭《あたま》がぼうっとしてきた。

「トラドーラバトカ」

スチュアートはぐったりとして、ボートの船《ふな》べりに背中《せなか》をもたせかけた。もう漕《こ》ぐのはうんざりだ。おまけに腹《はら》ペコだし……。

うん？　目《め》の前《まえ》に黄色《きいろ》いものが見《み》える。バナナだ！　スチュアートは飛《と》びついてぺろぺろなめた。が、それはケビンだった。

しっかりしろ！　ケビンはスチュアートの頬《ほお》をぴちゃぴちゃ叩《たた》いた。と、そのとき、暗《くら》い影《かげ》がさしてきた。

なんだ？　三人《さんにん》はぎょっとした。ものすごく大《おお》きな一隻《いっせき》の船《ふね》がボートの横《よこ》を通《とお》りかかったのだ。

で、でかい。ケビン、スチュアート、ボブは目《め》をみはった。やがて船《ふね》はゆっくりと通《とお》りすぎていった。と同時《どうじ》に、はるか彼方《かなた》に大《おお》きな像《ぞう》が見《み》えてきた。女の人《おんなのひと》が右手《みぎて》を上《あ》げているその像《ぞう》は、自由《じゆう》の女神像《めがみぞう》だ。

三人《さんにん》は1968年《ねん》のアメリカ、それも大都会《だいとかい》のニューヨークにやってきたのだ。

「キャッホー！」

ボブは海《うみ》に飛《と》びこむと、バシャバシャと泳《およ》ぎはじめた。ケビンとスチュアートはボートを漕《こ》いで、ボブのあとをついていった。

3

１９６８年《ねん》のアメリカは、大統領選挙《だいとうりょうせんきょ》と反戦運動《はんせんうんどう》で大《おお》きく揺《ゆ》れていた。またヒッピー・ムーブメントも盛《さか》んで、男《おとこ》の人《ひと》も髪《かみ》を長《なが》く伸《の》ばし、『愛《あい》と平和《へいわ》』をテーマにした歌《うた》が流行《りゅうこう》していた。

さて、ニューヨークの埠頭《ふとう》に着《つ》いたケビン、スチュアート、ボブは陸《りく》に上《あ》がると、きょろきょろとあたりを見《み》まわした。目《め》の前《まえ》に大《おお》きな看板《かんばん》がある。そこにはこんな文字《もじ》が躍《おど》っていた。

『ついに、信頼《しんらい》できる大統領候補《だいとうりょうこうほ》があらわる。その名《な》もニクソン！』

みんなは看板《かんばん》を無視《むし》して、すたすた歩《ある》いた。

路地《ろじ》に入《はい》ると、頭上《ずじょう》に洗濯物《せんたくもの》がたくさん干《ほ》してある。

スチュアートは手《て》を伸《の》ばして一着《いっちゃく》を取《と》ると、着《き》てみた。派手《はで》な模様《もよう》のシャツだ。げっ、趣味《しゅみ》が悪《わる》い。ケビンとボブは首《くび》を横《よこ》に振《ふ》った。次《つぎ》にスチュアートは紫《むらさき》のズボンを穿《は》いてみた。ミニオンは背《せ》が低《ひく》いので、ふつうのズボンだと、目《め》の下《した》まで覆《おお》われてしまう。この服《ふく》も却下《きゃっか》された。

何《なに》かいい服《ふく》がないかな。三人《さんにん》は頭《あたま》の上《うえ》の洗濯物《せんたくもの》を見《み》た。デニムのオーバーオールにみんなの目《め》が留《と》まった。

あれだ！

さっそくオーバーオールに着替《きが》えた三人《さんにん》は、ニューヨークの雑踏《ざっとう》に紛《まぎ》れこんだ。

うわあ！　あたりは背《せ》の高《たか》いビルばかりで、見《み》あげると首《くび》が痛《いた》くなる。それもそのはず、ニューヨークは摩天楼《まてんろう》の街《まち》とも呼《よ》ばれていて、高層《こうそう》ビルが軒《のき》を連《つら》ねている。

街《まち》を行《い》く人《ひと》はみな早足《はやあし》だ。どうやらここは、これまでミニオンのいた世界《せかい》とはスピードがちがうらしい。

きょろきょろしながら歩《ある》いていくうちに、大勢《おおぜい》の人《ひと》たちが列《れつ》をなして行進《こうしん》している場面《ばめん》に出《で》くわした。

「戦争反対《せんそうはんたい》！」

「ラブ・アンド・ピース！」

みなプラカードを掲《かか》げながら、口々《くちぐち》に叫《さけ》んでいる。ボブたちもそのあとをついていき、

「ブーヤ！　ブーヤ！」

と、声《こえ》をあげた。

デモ隊《たい》から離《はな》れると、三人《さんにん》は通《とお》りすがりの店《みせ》をのぞいた。ある店《みせ》の前《まえ》で、ボブの目《め》が釘《くぎ》付《づ》けになった。そこはレコード店《てん》で、ちょうど女《おんな》の人《ひと》が買《か》い物《もの》をしたところだった。その人《ひと》のワンピースが、バナナ模様《もよう》だったのだ。

「バナナ！」

ボブがあとを追《お》いかけると、女《おんな》の人《ひと》は黄色《きいろ》いタクシーを停《と》めた。タクシーの運転手《うんてんしゅ》が後《こう》部《ぶ》のトランクに買《か》い物袋《ものぶくろ》を詰《つ》めた。そばにいたボブも、一緒《いっしょ》にトランクに入《い》れられてしまった。

一方《いっぽう》、スチュアートは店《みせ》のショーウインドウに両手《りょうて》をついて、まじまじと中《なか》を見《み》つめていた。

店《みせ》には、レコードのほかにも、ギターや楽器《がっき》が売《う》られている。ギターを弾《ひ》く男《おとこ》の人《ひと》のポスターを見《み》て、スチュアートの頭《あたま》に妄想《もうそう》が浮《う》かんだ。自分《じぶん》がウクレレを弾《ひ》いている姿《すがた》がポスターになった場面《ばめん》だ。

カッコイイ！　スチュアートはうっとりした。と、横《よこ》からケビンに頰《ほお》を叩《たた》かれ、はっと我《われ》に返《かえ》った。ケビンがたずねた。

「ボブ？」

そうだ、ボブはどこに行《い》ったんだ？　二人《ふたり》はきょろきょろあたりを見《み》まわした。すると――。

「ケビーン！」

通《とお》りすぎていくタクシーからボブの声《こえ》がした。ケビンたちはあわててあとを追《お》った。

タクシーの後部座席《こうぶざせき》で、バナナ模様《もよう》の服《ふく》を着《き》た女《おんな》の人《ひと》は、お化粧《けしょう》を直《なお》していた。すると後部座席《こうぶざせき》のシートが裂《さ》け、中《なか》から黄色《きいろ》の珍妙《ちんみょう》な生《い》き物《もの》が顔《かお》をのぞかせた。ボブだ。

「ベロー！」

ボブは陽気《ようき》に声《こえ》をかけた。

「きゃあ！」

女《おんな》の人《ひと》はタクシーからボブを放《ほう》りだし、クマのヌイグルミを投《な》げつけた。

ボブはどこに行《い》ったんだ？　ケビンとスチュアートは通《とお》りをきょろきょろ見《み》た。道路《どうろ》の反対側《はんたいがわ》に、ボブがいた。クマのヌイグルミを抱《だ》いて、大《おお》きな建物《たてもの》に入《はい》っていく。あとを追《お》わなくっちゃ。

うわあ。回転《かいてん》ドアをくぐって建物《たてもの》に入《はい》ったボブは、うっとりと中《なか》を見《み》わたした。そこはデパートだった。洒落《しゃれ》たインテリア、ぴかぴかの商品《しょうひん》。まるでおとぎの国《くに》のようだ。

ボブを追《お》って、ケビンとスチュアートはデパートに入《はい》った。中《なか》は人《ひと》でいっぱいで、どこを捜《さが》せばいいか見当《けんとう》もつかない。そこへ、

「ケビーン！」

と、ボブの声《こえ》がした。そちらを見《み》ると、ボブはエスカレーターに乗《の》って上《うえ》に向《む》かっていた。ケビンとスチュアートもエスカレーターに飛《と》びのった。

「ニコラ、ニコロラバ。ボブー！」

上《うえ》のフロアに着《つ》くとケビンはボブを捜《さが》した。うろうろしているうちに、閉店《へいてん》のアナウンスが流《なが》れてきた。

「まもなく閉店《へいてん》でございま……ちょっと、何《なに》するの？」

アナウンス室《しつ》にケビンたちが侵入《しんにゅう》したのだ。

「ボブ！　ボーブ！」

デパートじゅうにボブの名前《なまえ》が響《ひび》きわたった。ぼくの名前《なまえ》を呼《よ》んでる！　ボブは、はっとした。

ボブが紛《まぎ》れこんでいたのは試着室《しちゃくしつ》で、壁《かべ》は一面鏡張《いちめんかがみば》りになっている。ミニオンだ！　鏡《かがみ》に映《うつ》る自分《じぶん》の姿《すがた》を仲間《なかま》と錯覚《さっかく》したボブは、一目散《いちもくさん》に突進《とっしん》した。が、ゴツン！　鏡《かがみ》にぶつかり、しゅんとしてしまった。

そこにようやくケビンとスチュアートが駆《か》けつけてきた。ケビンがボブにクマのヌイグルミを渡《わた》した。途中《とちゅう》で落《お》としてしまっていたのだ。

「ティム！」

ボブはヌイグルミの名《な》を呼《よ》んで抱《だ》きしめると、ケビンの胸《むね》にもたれてお礼《れい》を言《い》った。

「サンキュー」

そのとき、いきなりあたりが真《ま》っ暗《くら》になった。デパートが閉店《へいてん》して、電気《でんき》が消《け》されてしまったのだ。

閉店後《へいてんご》の人《ひと》のいなくなったデパートは、ミニオンたちにとって天国《てんごく》だった。三人《さんにん》はあちこちの売《う》り場《ば》をのぞき、家具売《かぐう》り場《ば》に行《い》った。

ボブは大《おお》きなベッドを見《み》つけると、駆《か》けよって、飛《と》びのった。ポンポン弾《はず》んで面白《おもしろ》い。

「ボイーン、ボイーン！」

ボブは大喜《おおよろこ》びで、仲間《なかま》を呼《よ》んだ。

「カミイ」

ボブとケビンがベッドでくつろいでいると、スチュアートがベッドの向《む》かい側《がわ》にテレビをはこんできた。

スチュアートは次々《つぎつぎ》にチャンネルを回《まわ》した。『セイント／天国野郎《てんごくやろう》』、『奥《おく》さまは魔女《まじょ》』。どの番組《ばんぐみ》もケビンの気《き》に入《い》らなかったが、『デート・ゲーム』だけは見《み》る気《き》になったらしい。

「オーケイ、レッツ・ゴー」

ケビンはベッドの枕《まくら》にもたれ、テレビに見入《みい》った。スチュアートもベッドに行《い》き、ケビンの隣《となり》に横《よこ》たわった。

『デート・ゲーム』というのは視聴者参加型《しちょうしゃさんかがた》の番組《ばんぐみ》で、主人公《しゅじんこう》が三人《さんにん》の候補者《こうほしゃ》の誰《だれ》とデートするかを決《き》めるものだ。今日《きょう》はジェニファーという女《おんな》の子《こ》が主人公《しゅじんこう》らしい。

『さあ、ジェニファー』

司会者《しかいしゃ》が甲高《かんだか》い声《こえ》でしゃべった。

『三人《さんにん》の紳士《しんし》の中《なか》で、デートの相手《あいて》を決《き》めましたか？　それは誰《だれ》？　ボブ？』

ボブと呼《よ》ばれた禿《は》げ頭《あたま》の男《おとこ》が、画面《がめん》に映《うつ》しだされた。

「ボブ？」

ミニオンのボブは自分《じぶん》の名前《なまえ》を聞《き》いて、大喜《おおよろこ》びで声援《せいえん》を送《おく》った。

「ヤー！　ゴー、ボブ！」

司会者《しかいしゃ》が続《つづ》けた。

『デートの相手《あいて》は、それともケビン？』

ひょろりとした眼鏡《めがね》の男《おとこ》がクローズアップされた。

「ケビン！」

ミニオンのケビンが目《め》を輝《かがや》かせた。

『それともスチュアートかな？』

髪《かみ》を横分《よこわ》けにしたキザな男《おとこ》が、テレビカメラに向《む》けてにやりと笑《わら》った。

「よう、スチュアート！」

ミニオンのスチュアートが、ガッツポーズで応援《おうえん》した。

画面《がめん》では、ジェニファーが頬《ほお》に手《て》を当《あ》てている。

『困《こま》ったわ。みんなとっても素敵《すてき》だし。あーどうしよう。でも、あたしが選《えら》んだのは
――』

三人《さんにん》がじっと注目《ちゅうもく》していると、突然《とつぜん》、ザザーッと画面《がめん》が乱《みだ》れた。

なんだ、なんだ？　スチュアートがあわててテレビに駆《か》けあがり、アンテナをいじった。

「ラーラー、ガバー、スチュアート」

何事《なにごと》か、ケビンがたずねた。スチュアートはテレビの上《うえ》で、アンテナの代《か》わりにビニール の傘《かさ》を開《ひら》いた。すると……画面《がめん》が切《き》り替《か》わり、声《こえ》が響《ひび》いた。

『こちら、秘密《ひみつ》の悪党《あくとう》チャンネルです』

画面《がめん》に、眼鏡《めがね》をかけ口髭《くちひげ》をはやし、チェックのスーツを着《き》た司会者《しかいしゃ》があらわれて凄《すご》みをきかせた。

『誰《だれ》かにしゃべったやつは、ただじゃおかない。提供《ていきょう》は89年間続《ねんかんつづ》く大悪党大会《だいあくとうたいかい》。世界最大《せかいさいだい》の悪党《あくとう》どもが集《あつ》まってくる』

悪党《あくとう》だって？　ケビンが興奮《こうふん》した。

画面上《がめんじょう》に、もうひとつ小《ち》さな画面《がめん》があらわれ、過去《かこ》の大悪党大会《だいあくとうたいかい》のビデオが流《なが》れた。

『一流《いちりゅう》の悪党《あくとう》たちの講義《こうぎ》に参加《さんか》したり、裏社会《うらしゃかい》とコネを作《つく》ったりする大会《たいかい》だ。今回初登場《こんかいはつとうじょう》のゲストは――』

司会者《しかいしゃ》は声《こえ》を張《は》りあげた。

『スカーレット・オーバーキル！』

画面《がめん》に〝スカーレット・オーバーキル〟の大《おお》きなロゴがあらわれ、体《からだ》にぴたりとしたドレス姿《すがた》の女《おんな》のシルエットが浮《う》かびあがった。司会者《しかいしゃ》の声《こえ》がかぶさる。

『邪悪《じゃあく》な女《おんな》！』

『そう、あたしはとっても邪悪《じゃあく》なの』

シルエットになった女《おんな》が告《つ》げた。女《おんな》が次々《つぎつぎ》に男《おとこ》どもをやっつけ、倒《たお》れた男《おとこ》を踏《ふ》んづけながら歩《ある》く姿《すがた》が画面《がめん》に流《なが》れた。

『彼女《かのじょ》は犯罪《はんざい》の天才《てんさい》！』

司会者《しかいしゃ》が大声《おおごえ》で言《い》うと、女《おんな》が振《ふ》りかえった。高《たか》い鼻《はな》が特徴《とくちょう》で、ショートカットの毛先《けさき》を外側《そとがわ》にカールさせている。超美人《ちょうびじん》だ。

『犯罪《はんざい》は燃《も》えるわ』

ケビンとボブはすっかりスカーレットに夢中《むちゅう》になった。彼女《かのじょ》こそ、自分《じぶん》たちが探《さが》していたビッグボスかもしれない。

『さあ、週末《しゅうまつ》は大悪党大会《だいあくとうたいかい》に行《い》こう！　場所《ばしょ》はフロリダ州《しゅう》オーランド、オレンジ通《どお》り545。犯罪《はんざい》は楽《たの》しいよう〜』

司会者《しかいしゃ》の声《こえ》がとぎれ、番組《ばんぐみ》は終《お》わった。

ケビンがはしゃいだ。

「大悪党大会《だいあくとうたいかい》、オーランド！」

「フーフー！」

「ハーハー！」

ボブとスチュアートも興奮《こうふん》して目《め》をきらきらさせている。

よーし、目指《めざ》すはオーランドだ！

4

朝《あさ》になると三人《さんにん》はデパートから出《で》て、オーランドに向《む》かうことにした。だが、どこをどう行《い》けばいいのか、わからない。

「ハロー！　オーランド？」

ケビンは通《とお》りすがりのおばさんにたずねたが、無視《むし》された。スチュアートは道端《みちばた》の犬《いぬ》に聞《き》いた。

「オーランド？」

犬《いぬ》はキャンキャン鳴《な》いて逃《に》げていった。

「オー、パパゲーラ。トレゲーラ」

スチュアートは道路《どうろ》の消火栓《しょうかせん》にもたれた。ボブはベビーカーに乗《の》った赤《あか》ちゃんに声《こえ》をかけた。

「オーランド？」

ヌイグルミのような生き物《いきもの》に声《こえ》をかけられ、赤《あか》ちゃんはキャッキャと手《て》を振《ふ》りまわした。

ボブはそれをオーランドの方向《ほうこう》だと勘違《かんちが》いした。

「オー、サンキュー」

ボブとケビン、スチュアートは、さっそく赤《あか》ちゃんの示《しめ》した方向《ほうこう》に歩《ある》きだした。

ちなみに、オーランドのあるフロリダ州《しゅう》は、アメリカの南東《なんとう》の端《はし》にある。北東《ほくとう》に位置《いち》するニューヨークから行《い》くには、大陸《たいりく》の東海岸《ひがしかいがん》を縦断《じゅうだん》しなくてはならない。

長《なが》い橋《はし》を渡《わた》ってニューヨークをあとにし、さらにてくてくと歩《ある》いていくうちに、だだっ広《ぴろ》い道路《どうろ》に出《で》た。周囲《しゅうい》は一面野原《いちめんのはら》だ。

三人《さんにん》は歩《ある》き疲《つか》れて、道端《みちばた》にしゃがんだ。遠《とお》くにニューヨークの高層《こうそう》ビルが、かすんで見《み》える。

ふうっ。いつまで歩《ある》いたらオーランドに着《つ》けるんだろう？

ふと道《みち》の反対側《はんたいがわ》を見《み》ると、ひとりの男《おとこ》の人《ひと》が立《た》っている。長髪《ちょうはつ》で花柄《はながら》のヘアバンドをしていて、丸《まる》いサングラスをかけている。道《みち》に置《お》いたリュックサックにギターを立《た》てかけていて、見《み》るからにヒッピーといった風情《ふぜい》だった。

男《おとこ》の人《ひと》は〝ニューヨーク〟と書《か》かれたボール紙《がみ》を片手《かたて》に持《も》ち、もう一方《いっぽう》の手《て》の親指《おやゆび》を立《た》てている。やがて花柄《はながら》の派手《はで》な車《くるま》が停《と》まった。

「やったぜ！　ラブだ、ブラザー」

男《おとこ》の人《ひと》は大喜《おおよろこ》びで、車《くるま》に乗《の》りこんだ。

なーるほど。ああやって車《くるま》に乗《の》せてもらえばいいんだ。ケビンは勇《いさ》んで道端《みちばた》から前《まえ》に進《すす》みでた。

「ノーノーノー、ケビン」

スチュアートがケビンを押《お》しとどめ、自分《じぶん》にまかせておけというように、道《みち》に出《で》た。遠《とお》くからトラックがやってくる。スチュアートはぐいと右手《みぎて》の親指《おやゆび》を突《つ》き立《た》てた。

が、トラックは速度《そくど》を落《お》とすことなく、そのまま走《はし》り去《さ》っていった。風圧《ふうあつ》でスチュアートは地面《じめん》に転《ころ》がってしまった。ケビンは馬鹿《ばか》にして、大笑《おおわら》いした。けれど、スチュアートはくじけなかった。

もう一度《いちど》道《みち》に出《で》ると、大型《おおがた》のジープに向《む》かって両手《りょうて》を振《ふ》りまわした。

「ヘイ、ストッパ！　ストッパ！」

けれど、小《ちい》さなミニオンはジープの運転手《うんてんしゅ》の目《め》に入《はい》らない。スチュアートは必死《ひっし》にジープを追《お》いかけ、運転席《うんてんせき》の窓《まど》にジャンプしたが、無駄《むだ》だった。ブオーン。ジープはそのまま行《い》ってしまった。

風《かぜ》に吹《ふ》かれ、先《さき》ほどのヒッピーが持《も》っていた〝ニューヨーク〟と書《か》かれたボール紙《がみ》がスチュアートの顔《かお》に当《あ》たった。

ちっ！　スチュアートはすごすごと道端《みちばた》に戻《もど》り、そこにあった岩《いわ》を頭《あたま》の上《うえ》に振《ふ》りあげた。

「マカロ！」

ドスン！　岩《いわ》を地面《じめん》に落《お》とすと、それにもたれて足《あし》を伸《の》ばした。すねてしまったのだ。

ケビンは先《さき》ほどのヒッピーの真似《まね》をすることにした。ボール紙《がみ》の裏《うら》に〝オーランド〟と書《か》くと、道《みち》の真《ま》ん中《なか》に立《た》った。

屋根《やね》の上《うえ》に荷物《にもつ》を積《つ》んだ大《おお》きなワゴン車《しゃ》が、猛《もう》スピードでやってきた。

ププー！　クラクションの音《おと》がひびいた。ひ、ひかれちゃう！　ケビンは足《あし》がすくんで動《うご》けなかった。ボブは目《め》を覆《おお》った。

キキーッ！　間一髪《かんいっぱつ》。ケビンの手前《てまえ》で車《くるま》は急停止《きゅうていし》した。助手席《じょしゅせき》のドアがあき、くるくるの巻《ま》き毛《げ》でサングラスをかけた女《おんな》の人《ひと》が、むっとしたような顔《かお》でケビンをにらんだ。

ケビンはその場《ば》に踏《ふ》んばって、〝オーランド〟と書《か》いたボール紙《がみ》を広《ひろ》げた。

女《おんな》の人《ひと》はサングラスをずらし、しげしげとケビンを見《み》つめた。その顔《かお》に、たちまち笑《え》みが浮《う》かんだ。

「ねえ、ウォルター。見《み》て！　このかわいいおチビさんたちもオーランドに行《い》くんですって！」

運転席《うんてんせき》から男《おとこ》の人《ひと》が身《み》を乗《の》りだした。女《おんな》の人《ひと》の旦那《だんな》さんで、ウォルターという名《な》らしい。いかにも人《ひと》のよさそうな感《かん》じだ。

「へえ、そうなのか。おい、ジュニア」

ウォルターは後部座席《こうぶざせき》を振《ふ》りかえった。

「なんかあったの？」

後部座席《こうぶざせき》の窓《まど》があき、ジュニアと呼《よ》ばれた男《おとこ》の子《こ》がのっそりと顔《かお》を出《だ》した。おかっぱ髪《がみ》で、丸々《まるまる》と太《ふと》った少年《しょうねん》だ。ジュニアはミニオンたちを見《み》て、歯《は》を剥《む》きだして笑《わら》った。

「やあ」

ジュニアは自分《じぶん》の隣《となり》にいる妹《いもうと》を紹介《しょうかい》した。

「こいつはティナ」

髪《かみ》をツインテールにした女《おんな》の子《こ》が、ジュニアを押《お》しのけて元気《げんき》に挨拶《あいさつ》をした。

「ハーイ！」

「この子《こ》はビンキー」

ウォルターが言《い》い、運転席《うんてんせき》と助手席《じょしゅせき》のあいだにいる赤《あか》ちゃんの手《て》を持《も》って振《ふ》った。

「この子《こ》たちも乗《の》せてくかい？」

ウォルターがたずねると、

「やったあ！　新《あたら》しい友《とも》だちだ！」

ジュニアとティナは大喜《おおよろこ》びだった。

「ネルソン一家《いっか》の車《くるま》にようこそ！」

ウォルターはダッシュボードを叩《たた》いて、陽気《ようき》に声《こえ》を張《は》りあげた。

「そこのひとつ目野郎《めやろう》は、おれの隣《となり》に乗《の》んな」

ジュニアがスチュアートに声《こえ》をかけた。目《め》がふたつあるケビンやボブとちがい、スチュアートはひとつ目《め》が特徴《とくちょう》だ。

「オーケイ」

スチュアートとケビンが後部座席《こうぶざせき》に乗《の》り、ボブはフロントシートのビンキーの隣《となり》に座《すわ》った。

親切《しんせつ》な一家《いっか》のおかげで、ついにオーランドに行《い》ける！　ミニオンたちの胸《むね》は期待《きたい》で高鳴《たかな》った。ネルソン家《け》がなぜオーランドに行《い》くのか、考《かんが》えもせずに……。

5

「危《あぶ》ない人《ひと》たちに拾《ひろ》われる前《まえ》にわたしたちに出会《であ》ってラッキーだったわね」

奥《おく》さんのマージが、リンゴの皮《かわ》を剥《む》きながら言《い》った。

「リンゴ、どう？」

マージが後部座席《こうぶざせき》にスライスしたリンゴを差《さ》しだすと、フロントシートにいたボブがひったくった。

「アーウー、アーウー、バップル」

ボブは大喜《おおよろこ》びで、リンゴをむしゃむしゃ食《た》べた。

「あなた方《がた》もどうぞ」

マージはナイフの先《さき》に突《つ》き刺《さ》したリンゴのスライスを、後部座席《こうぶざせき》にもう一度《いちど》差《さ》しだした。

「育《そだ》ちざかりの子《こ》……じゃなくて、ええと、生《い》き物《もの》も食《た》べなくっちゃね」

「オーケイ」

スチュアートがリンゴを受《う》けとると、横《よこ》からジュニアがもの欲《ほ》しそうな目《め》で見《み》ている。

スチュアートはジュニアにリンゴを譲《ゆず》った。ジュニアはひと口《くち》でリンゴを食《た》べると、指《ゆび》をチュパチュパしゃぶり、

「ありがとな」

と、思《おも》いきりスチュアートの頭《あたま》を叩《たた》いた。

銀行《ぎんこう》の前《まえ》に差《さ》しかかったとき、ウォルターが車《くるま》を停《と》め、みんなに声《こえ》をかけた。

「ようし、ここらでちょっと散歩《さんぽ》してみたい人《ひと》は？」

イエーイ！　マージ、ジュニア、ティナ、そしてウォルターがいきなりニットの帽子《ぼうし》をかぶりだした。顔《かお》がすっぽり覆《おお》われ、目《め》の部分《ぶぶん》だけがあいている。

何《なに》が始《はじ》まるんだ？　ミニオンたちは目《め》をぱちくりさせた。

「すぐ戻《もど》るから待《ま》ってて」

マージとウォルターは、拳銃《けんじゅう》を手《て》にしている。

「さあ、ネルソン家《け》、活動開始《かつどうかいし》！」

ウォルターのかけ声《ごえ》で、みんなは車《くるま》から飛《と》びおり、近《ちか》くの銀行《ぎんこう》にダッシュで向《む》かった。

「アー、ボタチノ？」

ケビンがスチュアートにたずねた。いったい、何《なに》ごとだ？

「ブー」

スチュアートは首《くび》を傾《かし》げて答《こた》えた。

ジリジリジリ！　非常《ひじょう》ベルの音《おと》が響《ひび》き、ネルソン一家《いっか》が銀行《ぎんこう》から走《はし》って戻《もど》ってきた。なんと、彼《かれ》らは銀行強盗《ぎんこうごうとう》をしてきたのだ。

「さあ、早《はや》く乗《の》るんだ！」

ウォルターにうながされて車《くるま》に飛《と》びのると、みんなは帽子《ぼうし》を脱《ぬ》いだ。

ブォーッ！　車《くるま》は猛《もう》スピードで走《はし》りだした。

ウーウーウー！　サイレンの音《おと》も高《たか》らかに、パトカーが三台《さんだい》追《お》いかけてくる。

「パパ、パトカーよ！」

ティナが振《ふ》りむいて声《こえ》を張《は》りあげた。

「あたしが警報器《けいほうき》にさわっちゃったから。あ〜あ、なんてドジなんだろう」

ティナはがっくりとうなだれた。フロントシートから、ウォルターが娘《むすめ》をなぐさめた。

「誰《だれ》だって失敗《しっぱい》はある。おまえはまだ修行中《しゅぎょうちゅう》なんだから」

マージからショットガンを渡《わた》されると、ウォルターは運転席《うんてんせき》の窓《まど》から身《み》を乗《の》りだし、うしろのパトカーめがけて立《た》てつづけに発砲《はっぽう》した。ズドン、ズドン！

銃弾《じゅうだん》が命中《めいちゅう》し、パトカーのフロントガラスがペンキで真《ま》っ赤《か》に染《そ》まった。ペイント弾《だん》だ。

「うわあ！」

警官《けいかん》たちはあわててハンドルを切《き》った。

「パパの言《い》うとおりよ、ティナ。パパだって、昔《むかし》から今《いま》みたいにやり手《て》じゃなかったんだから」

助手席《じょしゅせき》でショットガンに銃弾《じゅうだん》を込《こ》めながら、マージが言《い》った。

ウォルターは次々《つぎつぎ》にペイント弾《だん》をパトカーに向《む》けて発射《はっしゃ》した。が、途中《とちゅう》でプスップスッ……銃弾《じゅうだん》が詰《つ》まってしまった。

パトカーが速度《そくど》を上《あ》げ、ネルソン家《け》の車《くるま》に見《み》る見《み》るうちに迫《せま》った。ドスン！　パトカーに激《はげ》しく追突《ついとつ》され、ワゴン車《しゃ》の車体《しゃたい》が右《みぎ》に左《ひだり》に大《おお》きく振《ふ》られた。

ウォルターはあわてて、ハンドルを切《き》った。すると、車《くるま》はくるりと回転《かいてん》してうしろ向《む》きになり、真正面《ましょうめん》からパトカーに突《つ》っこんでいく。このままじゃ、ぶつかる！

ウォルターはさらにハンドルを大《おお》きく切《き》った。間一髪《かんいっぱつ》。ネルソン家《け》の車《くるま》はタイヤを軋《きし》ませながら、さらに半回転《はんかいてん》し、もとの向《む》きに戻《もど》った。

後部座席《こうぶざせき》では、ケビンとスチュアートがバズーカ砲《ほう》を奪《うば》い合《あ》っていた。もみ合《あ》っている最中《さいちゅう》に弾《たま》を発射《はっしゃ》してしまった。

ズドン！　後部《こうぶ》の窓《まど》を突《つ》きやぶり……弾《たま》は道端《みちばた》の電柱《でんちゅう》に命中《めいちゅう》した。

電柱《でんちゅう》が倒《たお》れた。その電線《でんせん》に引《ひ》っ張《ぱ》られ、並《なら》んでいた電柱《でんちゅう》が次々《つぎつぎ》に倒《たお》れていく。さらに水《みず》貯蔵《ちょぞう》タンクまで！

先頭《せんとう》のパトカーの前《まえ》に、水貯蔵《みずちょぞう》タンクがどっと倒《たお》れた。キキーッ！　急《きゅう》ブレーキを踏《ふ》んだが間《ま》に合《あ》わず、パトカーは次々《つぎつぎ》にタンクに衝突《しょうとつ》した。万事休《ばんじきゅう》すだ。

その様子《ようす》をバックミラーで見《み》ていたウォルターとマージは、信《しん》じられずに顔《かお》を見合《みあ》わせた。実《じつ》に見事《みごと》な手際《てぎわ》だ。いったい誰《だれ》がやったんだ？

「誰《だれ》が撃《う》った？」

ウォルターがうしろを振《ふ》りかえってたずねた。バズーカ砲《ほう》を奪《うば》い合《あ》っていたケビンはさっとスチュアートに押《お》しつけ、答《こた》えた。

「スチュアート！」

え、ぼく？　スチュアートは目《め》をぱちくりさせた。

「お見事《みごと》！」

ウォルターは運転席《うんてんせき》のシートを叩《たた》いて叫《さけ》んだ。

ぼく、ほめられてる？

「サンキュ」

スチュアートはバズーカ砲《ほう》を抱《かか》え、胸《むね》を張《は》った。ちっ。ケビンは悔《くや》しくて、バズーカ砲《ほう》を奪《うば》おうとした。再《ふたた》び二人《ふたり》のあいだで取《と》り合《あ》いっこになった。そこにマージが話《はな》しかけた。

「ねえ、ちょっと個人的《こじんてき》なことを聞《き》くけど、あなたたち、なんでオーランドに行《い》くの？」

ケビンとスチュアートは答《こた》えに詰《つ》まった。

「パラリアータ？」

ケビンがはぐらかそうとすると、

「いいから本当《ほんとう》のこと言《い》っちゃえよ。大悪党大会《だいあくとうたいかい》に行《い》くんだろ？」

ウォルターがこともなげに言《い》った。

「そ、大悪党大会《だいあくとうたいかい》」

ケビンはほっとして答《こた》えた。フロントシートにいるボブも後部座席《こうぶざせき》を振《ふ》りかえり、

「悪党《あくとう》たいか〜い！」

と、拳《こぶし》を振《ふ》りあげた。横《よこ》でマージがにっこり笑《わら》った。

「つまり、この車《くるま》には悪党《あくとう》しか乗《の》ってないのね。なんて素敵《すてき》！」

「わかってたさ。きみらが悪党《あくとう》だって。世間《せけん》は狭《せま》いな。ライバルにならなきゃいいけど」

ウォルターが大笑《おおわら》いをした。

「バブバブ」

赤《あか》ちゃんのビンキーが手榴弾《しゅりゅうだん》のピンを抜《ぬ》いた。

「こらこら、ビンキー。オイタはだめだ」

ウォルターは手榴弾《しゅりゅうだん》を窓《まど》の外《そと》に投《な》げ捨《す》てた。ボーン！　手榴弾《しゅりゅうだん》が道路《どうろ》で爆発《ばくはつ》したが、ウォルターは平気《へいき》な顔《かお》で運転《うんてん》を続《つづ》けた。

6

さて、こちらは氷《こおり》の洞窟《どうくつ》。

「マカデデュー」

「イエーイ！」

相変《あいか》わらず防寒着姿《ぼうかんぎすがた》のミニオンたちが、洞窟《どうくつ》の中《なか》でサッカー大会《たいかい》をしていた。

チアリーダー役《やく》の者《もの》たちはポンポンを両手《りょうて》に持《も》ち、気《き》の抜《ぬ》けたようなダンスを踊《おど》っている。

ケビンたち三人《さんにん》がボス探《さが》しの旅《たび》に出《で》て以来《いらい》、みんな元気《げんき》がない。早《はや》くボスを連《つ》れて戻《もど》ってきてくれないかな。全員《ぜんいん》、気持《きも》ちは同《おな》じだった。

ピピーッ！　ホイッスルが鳴《な》り、試合《しあい》が始《はじ》まった。ひとりがうつむいたままボールを蹴《け》

った。相手側《あいてがわ》のゴールキーパーは一歩《いっぽ》も動《うご》かず、突《つ》っ立《た》ったまま。コロコロ……ボールはまっすぐゴールに入《はい》った。

「イエーイ」

暗《くら》い声《こえ》で声援《せいえん》が送《おく》られた。なんとも盛《も》り上《あ》がらない試合《しあい》だ。

そこへミニオンのひとり、デイブが息《いき》せき切《き》って走《はし》ってきた。

「ボス！　ビッグボス！」

新《あたら》しいボスだって？　みんなはいっせいに駆《か》けだした。さっきまでと打《う》って変《か》わって、はつらつとしている。

「ビッグボス！　ビッグボス！」

ミニオンたちの歓声《かんせい》に迎《むか》えられ、白《しろ》い毛《け》むくじゃらの巨大《きょだい》な生《い》き物《もの》が、のっそりと前《まえ》に進《すす》みでた。雪男《ゆきおとこ》だ。背後《はいご》にもう少《すこ》し小柄《こがら》な雪男《ゆきおとこ》を二頭《にとう》従《したが》えている。

「バア！」

雪男《ゆきおとこ》は舌《した》を出《だ》した。ボス！　ボス！　ミニオンたちは大喜《おおよろこ》びだった。

一方《いっぽう》、ネルソン家《け》の車内《しゃない》では、ジュニアがスチュアートを片方《かたほう》の手《て》で抱《だ》きかかえ、眠《ねむ》りこけていた。ツツーッ。ジュニアのよだれが落《お》ちてきて、スチュアートは必死《ひっし》に息《いき》を吹《ふ》いてよだれを追《お》いはらおうとした。

「オーランドに着《つ》いたら、お気《き》に入《い》りの悪党《あくとう》たちにこの本《ほん》にサインしてもらうんだ！」

ティナが勇《いさ》んで言《い》い、ケビンに一冊《いっさつ》の本《ほん》を見《み》せた。有名《ゆうめい》な悪党《あくとう》たちが載《の》っている雑誌《ざっし》だ。

ティナはページをめくりながら、いろいろな悪党《あくとう》について説明《せつめい》した。

「これはデュモウ・ザ・スモウ」

日本《にほん》のスモウレスラーのような大男《おおおとこ》のページを開《ひら》いて、ティナは言《い》った。

「こいつに仕《つか》えちゃだめだよ。前《まえ》に子分《こぶん》だったやつを食《た》べちゃったんだから」

「オー」

ケビンは震《ふる》えた。次《つぎ》に、人間《にんげん》とも魚《さかな》とも判別《はんべつ》できない不気味《ぶきみ》な男《おとこ》があらわれた。

「これは、魚人《ぎょじん》ギョギョーン」

やがてティナの手《て》が、あるページで止《と》まった。

「ねえ、見《み》て見《み》て！」

ティナがはしゃいだ声《こえ》を出《だ》した。

「スカーレット・オーバーキルよ。最高《さいこう》にカッコいい悪党《あくとう》！」

ティナはケビンに雑誌《ざっし》を渡《わた》し、両手《りょうて》の拳《こぶし》を握《にぎ》って息巻《いきま》いた。

「彼女《かのじょ》がデビューした頃《ころ》は、ふつうの女《おんな》の子《こ》だったの。歯《は》の矯正《きょうせい》もしてたし、髪《かみ》はポニーテールで。でも13歳《さい》になったときには犯罪者《はんざいしゃ》の帝国《ていこく》の頂点《ちょうてん》に立《た》っていたの。もしあたしがミニオンなら、彼女《かのじょ》に仕《つか》えるな」

「あ〜、パルレット・ポパピル」

ケビンは、スカーレット・オーバーキルが鞭《むち》を手《て》に立《た》っている写真《しゃしん》をしげしげと見《み》つめた。見《み》るからに邪悪《じゃあく》な顔《かお》をしている。なんとしても、彼女《かのじょ》に会《あ》わなくっちゃ！

キキーッ。車《くるま》が停《と》まり、ウォルターがうれしそうに声《こえ》を張《は》りあげた。

「さあ、着《つ》いたぞ！　麗《うるわ》しのオーランドに！」

「やったあ！」

ティナは大喜《おおよろこ》びだった。


ホテルやカジノが立《た》ち並《なら》ぶオーランドの開発後《かいはつご》を予想《よそう》した看板《かんばん》が、道端《みちばた》に立《た》っていた。けれど1968年当時《ねんとうじ》のオーランドはまだ何《なに》もなく、草原《そうげん》が延々《えんえん》と続《つづ》くだけだった。

車《くるま》は橋《はし》を渡《わた》り、今《いま》にも崩《くず》れ落《お》ちそうな掘《ほ》っ立《た》て小屋《ごや》の前《まえ》で停《と》まった。『ビリー・ボブの釣《つ》り餌店《えさてん》』と屋根《やね》の上《うえ》に看板《かんばん》がある。

ウォルターが運転席《うんてんせき》の窓《まど》をあけると、店《みせ》の軒下《のきした》にぶら下《さ》がっているスピーカーが告《つ》げた。

「ビリー・ボブの釣《つ》り餌店《えさてん》です。ご用件《ようけん》は？」

「オッホン」

ウォルターは咳払《せきばら》いをした。

「えーと、その、〝イケナイことって楽《たの》しい〟の会場《かいじょう》は？」

すると突然《とつぜん》、小屋《こや》がパタパタと倒《たお》れた。地面《じめん》から四角《しかく》く大《おお》きなバキュームがずんずんとせり上《あ》がってくる。

何事《なにごと》？　車《くるま》の中《なか》でミニオンたちは目《め》を丸《まる》くした。バキュームは途中《とちゅう》で曲《ま》がると、ネルソン家《け》の車《くるま》をすっぽりと包《つつ》んだ。

車《くるま》はバキュームに吸《す》われ、地下《ちか》の駐車場《ちゅうしゃじょう》にたどり着《つ》いた。そこにはすでに車《くるま》がずらりと並《なら》んでいた。

「ヒャッホー！」

ボブが興奮《こうふん》して叫《さけ》んだ。スチュアートやケビンも窓《まど》に顔《かお》をつけて、目《め》を輝《かがや》かせている。

空《あ》いているスペースに車《くるま》を停《と》め、みんな車《くるま》からおりた。

「ついに来《き》たぞ！」

ウォルターはうれしそうに言《い》うと、ミニオンたちに体《からだ》をかがめた。

「きみたちのおかげで警察《けいさつ》からも逃《の》がれて、無事《ぶじ》に来《く》ることができた。ありがとう。心《こころ》から感謝《かんしゃ》してるよ」

「パパ、魚人《ぎょじん》ギョギョーンよ！」

ティナが大声《おおごえ》をあげ、ウォルターのシャツの袖《そで》を引《ひ》っ張《ぱ》った。

「なんだって？　よし、写真《しゃしん》を撮《と》りにいこう！」

ウォルターはティナとともに駆《か》けていった。赤《あか》ん坊《ぼう》のビンキーを抱《だ》いて、マージが声《こえ》をかけた。

「幸運《こううん》を祈《いの》るわ。探《さが》しものが見《み》つかるといいわね」

「バイバーイ」

ミニオンたちは並《なら》んで、声《こえ》をそろえてネルソン一家《いっか》にさよならを言《い》った。ボブはクマのヌイグルミのティムの手《て》を振《ふ》った。

さあ、悪党大会《あくとうたいかい》の会場《かいじょう》に着《つ》いた。あとはボスを探《さが》さなくては。

7

「レッツゴー！」

相変《あいか》わらずウクレレを背中《せなか》に背負《しょ》ったスチュアートが、張《は》り切《き》って会場《かいじょう》に向《む》かった。ケビンとボブもついていく。

会場《かいじょう》の中《なか》は熱気《ねっき》に満《み》ちていた。いくつもの細《こま》かいブースに仕切《しき》られ、それぞれのブースに悪党《あくとう》がいる。自分《じぶん》の技《わざ》を披露《ひろう》したり、手下志願者《てしたしがんしゃ》のテストをしたりしているのだ。

ボブはボス紹介所《しょうかいしょ》のブースに行《い》った。でっぷりした女《おんな》の人《ひと》がデスクについていた。ちびのボブはデスクに届《とど》かない。女《おんな》の人《ひと》はボブを見《み》おろしながら、冷《ひ》ややかに言《い》った。

「何《なに》か悪《わる》さの特技《とくぎ》はあるの？」

ボブは手《て》を伸《の》ばしてデスクにヌイグルミのティムを置《お》き、踊《おど》らせた。

「ハイホー、ラリラ〜ラリラ〜」

「そんなの特技《とくぎ》でもなんでもないわ」

再《ふたた》び冷《ひ》ややかに言《い》われ、ボブは知恵《ちえ》をしぼった。何《なに》か、こわがらせることできないかな？

ボブはもう一度《いちど》手《て》を伸《の》ばして、デスクから紙《かみ》とハサミとテープを取《と》ると、ジョキジョキ紙《かみ》を切《き》っていった。そしてお化《ば》けの仮面《かめん》を作《つく》ると、

「ウワー！」

仮面《かめん》をかぶって大声《おおごえ》をあげた。

「ダメ？」

女《おんな》の人《ひと》はあきれたように首《くび》を振《ふ》った。ふう、ダメだったのか。ボブはがっくりした。

よーし、まだあきらめないぞ。ボブは次《つぎ》のブースに向《む》かった。白衣姿《はくいすがた》のおじいさんがすまなさそうに謝《あやま》った。

「悪《わる》いね。助手《じょしゅ》はもう間《ま》に合《あ》ってるんだ」

よく見《み》ると、ブースの中《なか》には同《おな》じ顔《かお》、同《おな》じ姿《すがた》のおじいさんが何人《なんにん》もいる。ボブが目《め》を丸《まる》くしていると、おじいさんが説明《せつめい》をした。

「私《わたし》はフラックス教授《きょうじゅ》。タイムマシンを開発《かいはつ》したんだ。タイムマシンで未来《みらい》に行《い》くたびに、その時代《じだい》に生《い》きてる自分《じぶん》を連《つ》れてかえってくる」

ブースの中《なか》のタイムマシンの扉《とびら》が開《ひら》くと、またひとり新《あら》たなフラックス教授《きょうじゅ》があらわれた。

「とまあ、そんなわけで助手《じょしゅ》は間《ま》に合《あ》っているのだ。悪《わる》いね。ちょっと、二週間後《にしゅうかんご》の未来《みらい》から来《き》た教授《きょうじゅ》、それを片《かた》づけてくれたまえ」

教授《きょうじゅ》は横《よこ》に立《た》っているもうひとりの自分《じぶん》の肩《かた》を叩《たた》いた。その拍子《ひょうし》に、二週間後《にしゅうかんご》の教授《きょうじゅ》が肩《かた》に担《かつ》いでいたドラム缶《かん》のような装置《そうち》が、ガーン！　大《おお》きな音《おと》を立《た》て、前《まえ》に立《た》っていたまた別《べつ》の教授《きょうじゅ》の頭《あたま》にぶつかってしまった。

その教授《きょうじゅ》はがくりと首《くび》をうなだれ、そのまま死《し》んでしまった。

「大変《たいへん》だ！　オリジナルの教授《きょうじゅ》を死《し》なせてしまった！」

タイムマシンで連《つ》れてこられた教授《きょうじゅ》たちは、あわてた。そして、ひとりまたひとりと、消《き》えていってしまった。

「ブー」

これもダメか。ボブはティムを抱《かか》えたまま、その場《ば》を立《た》ち去《さ》った。


ミニオンたちがうろうろしていると、スピーカーから声《こえ》が響《ひび》いた。

『では、特別《とくべつ》ゲストを紹介《しょうかい》しよう。今年《ことし》の講演者《こうえんしゃ》はスカーレット・オーバーキル！』

と同時《どうじ》に会場《かいじょう》の中央《ちゅうおう》に、大《おお》きな像《ぞう》があらわれた。スカーレット・オーバーキルをかたどった黄金像《おうごんぞう》で、右手《みぎて》に斧《おの》を持《も》ち、左手《ひだりて》でガッツポーズをしている。

『世界初《せかいはつ》の女《おんな》の大悪党《だいあくとう》が、これからH《エイチ》ホールに登場《とうじょう》する！』

会場《かいじょう》にいたみんなは、ぞろぞろとH《エイチ》ホールに移動《いどう》した。

「あわわ……」

ケビンはあわてて仲間《なかま》たちを捜《さが》した。ボブとスチュアートを見《み》つけると、早口《はやくち》でまくしたてた。

「ヘイ！　スカーレット・ポパピル！　カミイ」

ケビンが先《さき》に立《た》ってH《エイチ》ホールに向《む》かった。ボブとスチュアートも、そのあとを急《いそ》いでついていく。

H《エイチ》ホールはぎっしり満員《まんいん》だった。噂《うわさ》のスカーレット・オーバーキル、悪党中《あくとうちゅう》の大悪党《だいあくとう》をじかに見《み》られるのだ。これが、わくわくせずにいられようか？

司会者《しかいしゃ》が客席《きゃくせき》にたずねた。

「準備《じゅんび》はいいかい？」

イエーイ！　みんなは大声《おおごえ》でこたえた。

ボブ、ケビン、スチュアートも胸《むね》をときめかせていた。ミニオンたちを車《くるま》に乗《の》せてくれたネルソン一家《いっか》も、座席《ざせき》で盛《も》りあがっている。

やがてステージ中央《ちゅうおう》の幕《まく》に、女《おんな》の人《ひと》のシルエットが浮《う》かびあがった。

「スカーレット・オーバーキルの登場《とうじょう》だ！」

司会者《しかいしゃ》の声《こえ》も、たちまち客《きゃく》たちの口笛《くちぶえ》や歓声《かんせい》にかき消《け》された。シルエットが大《おお》きくなり、ハスキーな声《こえ》が響《ひび》いた。

「悪党《あくとう》ってすごくいい気分《きぶん》でしょ？」

スカーレット！　スカーレット！　みんなが立《た》ちあがって拍手《はくしゅ》をしていると、幕《まく》を突《つ》き破《やぶ》ってスカーレット本人《ほんにん》があらわれた。真《ま》っ赤《か》なドレスのスカートの部分《ぶぶん》が鋼鉄《こうてつ》になっていて、裾《すそ》にジェット噴射《ふんしゃ》がついている。

ブーン！　スカーレットはステージの上《うえ》を飛《と》びまわった。パンパン！　そのうしろで花火《はなび》が打《う》ち上《あ》げられた。

「ウーフー」

か、かっこいい！　ミニオンたちはあんぐりと口《くち》をあけ、見《み》とれた。

ステージの上空《じょうくう》を一周《いっしゅう》すると、ドレスから鋼鉄《こうてつ》の部分《ぶぶん》とジェット噴射《ふんしゃ》がはずれ、スカーレットはふつうのドレス姿《すがた》になってステージに降《お》り立《た》ち、深々《ふかぶか》とおじぎをした。観客席《かんきゃくせき》は大興奮《だいこうふん》の渦《うず》だ。スカーレット自身《じしん》、反応《はんのう》のすごさに驚《おどろ》いているようだった。

「やだ……ありがとう、みんな」

それから人差《ひとさ》し指《ゆび》を唇《くちびる》に当《あ》て、

「シーッ」

と言《い》って、みんなを黙《だま》らせた。場内《じょうない》が静《しず》かになると、スカーレットは話《はな》しはじめた。

「あたしがこの世界《せかい》にデビューした頃《ころ》、女《おんな》には銀行強盗《ぎんこうごうとう》なんてできっこないって言《い》われたわ。男《おとこ》には勝《か》てないってね」

そこで間《ま》を置《お》き、続《つづ》けた。

「でも、時代《じだい》は変《か》わった」

「愛《あい》してる、スカーレット!」

最前列《さいぜんれつ》に座《すわ》っている髭《ひげ》のはえた男《おとこ》が叫《さけ》んだ。男《おとこ》はいかにもスカーレットの大《だい》ファンらしく、同《おな》じ赤《あか》いドレス姿《すがた》だ。

スカーレットは場内《じょうない》を見《み》わたし、話《はなし》を続《つづ》けた。

「ここにいるみんなの顔《かお》を見《み》て。みんな、ひとりひとりちがう。でも、あたしたちには共《きょう》通点《つうてん》がひとつある」

スカーレットはそこで咳払《せきばら》いをした。

「あたしたちには大《おお》きな夢《ゆめ》がある。そしてそれを実現《じつげん》させようと全力《ぜんりょく》で頑張《がんば》ってる」

スカーレットは、再《ふたた》び場内《じょうない》を見《み》わたした。

「みんな、こんな夢見《ゆめみ》たことない？　もっとも凶悪《きょうあく》なスーパー大悪党《だいあくとう》の下《した》で働《はたら》きたいって夢《ゆめ》を？　あたしが新《あたら》しい手下《てした》を探《さが》してるって言《い》ったら、どうする？」

8

　スカーレット・オーバーキルが手下《てした》を探《さが》してる？　それを聞《き》いて、場内《じょうない》は大興奮《だいこうふん》となった。スカーレットの手下《てした》になる！　こんなすごい名誉《めいよ》があるだろうか？　ミニオンたちも、座席《ざせき》で飛《と》びあがった。

「きっとこの中《なか》にいるはず。偉大《いだい》な大悪党《だいあくとう》の右腕《みぎうで》となって働《はたら》く可能性《かのうせい》を秘《ひ》めた人《ひと》が。それはもしかしたら、あなたかもしれない！」

「ワオ」

　ケビンの頭《あたま》に妄想《もうそう》がわきあがった。きっとスカーレットはこう言《い》うはず。

『冗談《じょうだん》はここまで。本当《ほんとう》は、この仕事《しごと》にふさわしいのはケビンとミニオンたちだけ！　体《からだ》のサイズは人間《にんげん》の半分以下《はんぶんいか》なのに、邪悪《じゃあく》さは人間《にんげん》の十倍《じゅうばい》！　すばらしい！　さあ、ケビン

に声援《せいえん》を！　仲間《なかま》を救《すく》った彼《かれ》に拍手《はくしゅ》を！』

「ケビン！　ケビン！」

妄想《もうそう》に酔《よ》いしれて、自分《じぶん》で自分《じぶん》に声援《せいえん》を送《おく》っているケビンを横《よこ》からスチュアートが引《ひ》っぱたいた。ケビンは、はっと我《われ》に返《かえ》った。ステージではスカーレットの話《はなし》が続《つづ》いていた。

「それにはまず、実力《じつりょく》を証明《しょうめい》してもらわないと。そうねえ、どうしようかしら？」

スカーレットは下《した》を向《む》いて考《かんが》えこんだ。それから顔《かお》を上《あ》げた。何《なに》か思《おも》いついたらしい。

「こうしましょう。このきれいなルビーが見《み》える？」

その右手《みぎて》には大《おお》きなルビーが握《にぎ》られていた。照明《しょうめい》を浴《あ》びて、燦然《さんぜん》と輝《かがや》いている。

「これをあたしから奪《うば》った人《ひと》を手下《てした》にするわ。難《むずか》しくはないでしょ？　簡単《かんたん》よね？」

客《きゃく》たちは思《おも》わず息《いき》を呑《の》んだ。大悪党《だいあくとう》のスカーレットからルビーを盗《ぬす》む……それがたやすくないことを、みんなわかっている。

「あら、どうしたの？　ビビらないで。これを奪《うば》えば手下《てした》になれるんだから。さあ、かかってきなさい！」

スカーレットはそう言《い》うと、微笑《ほほえ》んだ。

「オーケイ、オーケイ」

ケビン、スチュアート、ボブの三人《さんにん》は、さっそくとことことステージに向《む》かった。

「そのルビー、おれがいただくぜ！」

真《ま》っ先《さき》にステージにあがったのは、レスラーのような大男《おおおとこ》だった。上半身《じょうはんしん》は裸《はだか》で、タイツを穿《は》いている。

「あら、お手柔《てやわ》らかにね」

スカーレットが声《こえ》をかけると、大男《おおおとこ》は右腕《みぎうで》でパンチを繰《く》りだした。だが、パンチが命中《めいちゅう》することはなかった。スカーレットはすばやくよけると、男《おとこ》の鼻《はな》を強《つよ》くひねった。男《おとこ》がひるんだ隙《すき》に、今度《こんど》は男《おとこ》の左手《ひだりて》をひねりあげ、客席《きゃくせき》に投《な》げとばした。うーん。男《おとこ》は大《だい》の字《じ》になって伸《の》びた。

それを見《み》て、ミニオンたちはぶるぶる震《ふる》えた。スカーレットはとんでもない相手《あいて》だ。かないっこない。

三人《さんにん》はすごすごと引《ひ》き返《かえ》そうとした……が、我《われ》も我《われ》もと押《お》し寄《よ》せる挑戦者《ちょうせんしゃ》の群《む》れに押《お》され、気《き》づいたらステージにのぼらされていた。

誰《だれ》かとぶつかった拍子《ひょうし》に、ボブのマスコットのティムがポーンと飛《と》んでいった。

「ティ、ティム～！」

ボブはティムのもとに駆《か》けよろうとした。が、ステージ上《じょう》はスカーレットに挑戦《ちょうせん》しようという悪党《あくとう》たちがうろちょろしていて、なかなかたどり着《つ》けない。

「ボブ！」

ボブが大男《おおおとこ》たちに踏《ふ》みつぶされたら大変《たいへん》だ！　ケビンとスチュアートはボブを助《たす》けに行《い》こうとした。

一方《いっぽう》スカーレットは、ルビーを盗《ぬす》もうと襲《おそ》いかかってくる挑戦者《ちょうせんしゃ》を次々《つぎつぎ》になぎ倒《たお》していた。背後《はいご》から来《く》る者《もの》を肘《ひじ》で追《お》いはらい、横《よこ》から来《く》る者《もの》を回《まわ》し蹴《げ》りでノックダウンさせた。

「ウオー」

背後《はいご》から剣《けん》を持《も》った男《おとこ》が襲《おそ》いかかってくると、表情《ひょうじょう》ひとつ変《か》えることなく脚《あし》を伸《の》ばして剣《けん》を振《ふ》りはらった。剣《けん》はくるくる宙《ちゅう》を舞《ま》い、ステージに突《つ》きささった。

スカーレットは剣《けん》の柄《つか》の上《うえ》に乗《の》って剣《けん》をしならせた。男《おとこ》がなおも向《む》かってくる。スカーレットは、ぱっと剣《けん》の柄《つか》から飛《と》びおりた。しなった反動《はんどう》で、剣《けん》の柄《つか》は、まっすぐ男《おとこ》の顔《かお》を直撃《ちょくげき》した。

こうして次々《つぎつぎ》に、挑戦者《ちょうせんしゃ》たちはスカーレットに倒《たお》されていった。

こうなったら、束《たば》になってかかるしかない。悪党《あくとう》たちはいっせいにスカーレットの上《うえ》に覆《おお》いかぶさった。

さすがのスカーレットもおしまいか？　客席《きゃくせき》は一瞬《いっしゅん》、静《しず》まりかえった。が、次《つぎ》の瞬間《しゅんかん》、全員《ぜんいん》がスカーレットに投《な》げとばされた。

す、すごい！　あんな大男《おおおとこ》たちを一瞬《いっしゅん》にしてやっつけるなんて。見《み》ていた者《もの》たちは目《め》を疑《うたが》った。

スカーレットは手《て》をぱんぱんと払《はら》い、フンとした顔《かお》で言《い》いはなった。

「まったくもう。あたしの話《はなし》を聞《き》いて、やってやろうって気《き》になった人《ひと》はいなかったわけ？　悪党《あくとう》がこれだけいて、誰《だれ》も奪《うば》えなかったの？　このクマを。……クマ？」

どういうこと？　スカーレットは目《め》を丸《まる》くした。右手《みぎて》にはルビーはなく、クマのヌイグルミが握《にぎ》られていたのだ。ボブのマスコット、ティムだ。

「あたしのルビーはどこ？」

スカーレットはティムをステージに叩《たた》きつけ、あたりを見《み》まわした。ミニオンたちに目《め》が留《と》まった。ケビンとスチュアートが、両側《りょうがわ》からボブの背中《せなか》をさすっている。

うげっ！　ボブが口《くち》から何《なに》かを吐《は》きだした。その何《なに》かはステージを転《ころ》がっていった。

ホールにいた全員《ぜんいん》が息《いき》を呑《の》んだ。ルビーだ！　ボブがどさくさに紛《まぎ》れてルビーを呑《の》みこんでいたのだ！

「ワオ！」

さすがのスカーレットも呆気《あっけ》に取《と》られた。この……珍妙《ちんみょう》な生《い》き物《もの》がルビーを？　大《だい》の男《おとこ》たちが束《たば》になってかかってきても成《な》し遂《と》げられなかったことを、この子《こ》たちが？

「あなたたちは誰《だれ》？　輝《かがや》くオーバーオールの騎士《きし》たちよ！」

エヘッ。ケビン、スチュアート、ボブは照《て》れていっせいにぺちゃくちゃしゃべりだした。

「ヘイ、ボブ。ミニオンズ」

ボブはオーバーオールのポケットから名刺《めいし》を取《と》りだし、スカーレットに見《み》せた。

スカーレットはミニオンたちの方《ほう》を向《む》いて身《み》をかがめた。

「信《しん》じられない活躍《かつやく》だったわ。みんな、注目《ちゅうもく》して！　誰《だれ》も予想《よそう》していなかったこのちっちゃな坊《ぼう》やたちが、今日《きょう》の勝者《しょうしゃ》よ。あたしの新《あたら》しい手下《てした》を紹介《しょうかい》するわ。ミニオンたちよ！」

ミニオン！　ミニオン！　場内《じょうない》の割《わ》れんばかりの歓声《かんせい》に、三人《さんにん》は両手《りょうて》を振《ふ》ってこたえた。

客席《きゃくせき》のネルソン一家《いっか》も大喜《おおよろこ》びだった。まさか、あのちっぽけな三人《さんにん》が大男《おおおとこ》たちに勝《か》って、スカーレット・オーバーキルの手下《てした》になるなんて！

「知《し》り合《あ》いだ！　車《くるま》に乗《の》せたんだ！」

ネルソン家《け》の主人《しゅじん》のウォルターは、隣《となり》にいた客《きゃく》の体《からだ》を揺《ゆ》さぶって大声《おおごえ》で吠《ほ》えた。妻《つま》のマージも、子《こ》どもたちのジュニア、ティナ、ビンキーも拍手喝采《はくしゅかっさい》だ。

こうして思《おも》ってもみなかった展開《てんかい》で、ケビン、スチュアート、ボブは天下《てんか》の大悪党《だいあくとう》、スカーレット・オーバーキルの手下《てした》となったのだ。

9

「さあ、シートベルトして。行《い》き先《さき》はイギリスよ」

スカーレット専用飛行機《せんようひこうき》の操縦席《そうじゅうせき》に座《すわ》り、サングラスをかけてスカーレットが言《い》った。専用機《せんようき》の色《いろ》は、スカーレットのトレードマークの赤《あか》。形《かたち》はＺ《ゼット》字形《じがた》だ。

ケビン、スチュアート、ボブもそれぞれ豪華《ごうか》なふかふかのシートに身《み》を沈《しず》め、言《い》われたとおりにシートベルトを締《し》めた。

イギリスってどんなところなんだろう？　みんなは、わくわくしていた。

スカーレットが操縦装置《そうじゅうそうち》のボタンを押《お》し、レバーを引《ひ》いた。機体《きたい》がゆっくりと上昇《じょうしょう》していく。やがて黒《くろ》い煙《けむり》をたなびかせながら、専用機《せんようき》は勢《いきお》いよく空《そら》を突《つ》っ切《き》っていった。

ケビンは氷《こおり》の洞窟《どうくつ》の仲間《なかま》に電話《でんわ》をかけることにした。自分《じぶん》たちが世紀《せいき》の大悪党《だいあくとう》スカーレット・オーバーキルの手下《てした》になってイギリスに行《い》くことを報告《ほうこく》するためだ。トゥルル、トゥルル……なかなか相手《あいて》が出《で》ない。

洞窟《どうくつ》ではその頃《ころ》、雪男《ゆきおとこ》たちの前《まえ》にミニオンが勢《せい》ぞろいして、歓迎《かんげい》の歌《うた》をうたい、踊《おど》っていた。

「ウラー！　ドゥエー！」

デイブのかけ声《ごえ》で、歌《うた》が始《はじ》まった。

「ミニオーンズ！　ミニオーンズ！　ビビラ〜……」

ミニオンたちは輪《わ》になり、うたいながら踊《おど》った。雪男《ゆきおとこ》たちはいかつい顔《かお》をほころばせ、歌《うた》に聞《き》き入《い》っている。

トゥルル、トゥルル……デイブが電話《でんわ》の鳴《な》っていることに気《き》づいた。

「ベロー？　ヘイ、ケビン！」

歌声《うたごえ》に負《ま》けないよう、デイブは声《こえ》を張《は》りあげた。

「ボス？　イギリッツ？」

そのとき歌《うた》がクライマックスにさしかかり、誰《だれ》かが楽器《がっき》のチューバを思《おも》いきり吹《ふ》いた。チューバの音《おと》で天井《てんじょう》の氷《こおり》にひびが入《はい》り、氷《こおり》の塊《かたまり》がゴツン！　一頭《いっとう》の雪男《ゆきおとこ》の頭《あたま》に落《お》ちた。ウーン。雪男《ゆきおとこ》がひっくりかえった。

ケビンは電話《でんわ》を続《つづ》けている。

「スカーレット・ポパピル？　ボス？」

どうやらケビンたちは、スカーレットという人《ひと》の手下《てした》になり、イギリスに行《い》こうとしているらしい。

やがて、倒《たお》れた雪男《ゆきおとこ》が目《め》を覚《さ》ました。かんかんになって怒《おこ》っている。

「ウォーッ！」

雪男三頭《ゆきおとこさんとう》に追《お》いかけられ、ミニオンたちはいっせいに洞窟《どうくつ》から逃《に》げだした。デイブも受《じゅ》話器《わき》を放《ほう》り投《な》げて駆《か》けだした。

「ベロー、ベロー？」

ケビンは何度《なんど》も呼《よ》びかけたが、ツツーッ。回線《かいせん》の切《き》れた音《おと》だけがして、デイブの返事《へんじ》はなかった。

スカーレットの操縦《そうじゅう》する専用機《せんようき》はロンドンにさしかかった。テムズ川《がわ》や国会議事堂《こっかいぎじどう》、大英博物館《だいえいはくぶつかん》などをはるか下《した》に見《み》ながら飛《と》んでいき、郊外《こうがい》に向《む》かった。

丘《おか》の上《うえ》に、大《おお》きな城《しろ》が建《た》っている。白《しろ》い壁《かべ》に、スカーレットのトレードカラーである真《ま》っ赤《か》な屋根《やね》。専用機《せんようき》はその城《しろ》に向《む》かうと下降《かこう》し、大《おお》きな格納庫《かくのうこ》に入《はい》った。

着陸《ちゃくりく》すると、スカーレットのあとについてミニオンたちもとことこ赤《あか》いタラップをおりていった。が、階段《かいだん》が苦手《にがて》なボブは、横向《よこむ》きになっておそるおそる一段《いちだん》ずつおりていく。

すると、スカーレットがさっと両手《りょうて》でボブを抱《だ》きあげ、

「大丈夫《だいじょうぶ》よ。ところで、そのクマかわいいわね」

と、ボブの抱《かか》えているクマのヌイグルミを見《み》てにっこり笑《わら》った。テヘヘ……ボブは照《て》れた。

天井《てんじょう》からワイヤーで吊《つ》るされた椅子《いす》が、するするおりてきた。中《なか》にはストライプのスーツを着《き》たキザな男《おとこ》が座《すわ》っていた。スカーレットが目《め》を輝《かがや》かせた。

「ハーブ！　あたしの愛《いと》しい人《ひと》！」

「やあ、おれのベイビー！」

ハーブと呼《よ》ばれた男《おとこ》が椅子《いす》からおりた。

「元気《げんき》か？　ワル三昧《ざんまい》してきたかい？」

「ええ、とっても」

ふたりはぎゅっと抱《だ》き合《あ》った。体《からだ》が離《はな》れると、

「そうだ。今日《きょう》、小鳥《ことり》がこれを落《お》としていった」

とハーブが言《い》い、カードをスカーレットに手渡《てわた》した。

まあ、何《なに》かしら？　スカーレットはカードを開《ひら》いた。中《なか》には小鳥《ことり》の絵《え》と一緒《いっしょ》に、こう書《か》かれていた。『寂《さび》しかったよ！　H《エイチ》より』

「このH《エイチ》ってのは、おれのことだ。この小鳥《ことり》もおれだよ」

「まあ、ハーブったら」

スカーレットはハーブの目《め》をじっと見《み》つめた。そこにいるのは世界一凶悪《せかいいちきょうあく》な悪党《あくとう》ではなく、ひとりの可憐《かれん》な女性《じょせい》だった。

「あなたって、シェイクスピアの生《う》まれ変《か》わりみたい」

「愛《あい》してるよ」

「あたしも愛《あい》してる」

ふたりはもう一度《いちど》、抱《だ》き合《あ》った。

「あー、ラブ！」

スチュアートが自分《じぶん》の体《からだ》に両手《りょうて》を巻《ま》きつけ、うっとりとした顔《かお》になった。それを見《み》て、ケビンがくすくす笑《わら》った。

「坊《ぼう》やたち、こっちにいらっしゃい」

ハーブの腕《うで》に抱《だ》かれたまま、スカーレットがミニオンたちを呼《よ》んだ。

「この人《ひと》は夫《おっと》のハーブ。発明家《はつめいか》で、超天才《ちょうてんさい》なの。おまけにとっても魅力的《みりょくてき》！」

スカーレットはハーブから体《からだ》を離《はな》し、彼《かれ》のネクタイをいじくりながら、三人《さんにん》を紹介《しょうかい》した。

「ハーブ、この子《こ》たちは新《あたら》しい手下《てした》よ。ケビン、スチュアート、それにキュートなおチビさんがボブよ」

「ベロー」

ケビンとスチュアートが手《て》を振《ふ》った。

「やあ！　すんごくちっこくて真《ま》っ黄《き》っ黄《き》だな。気《き》に入《い》ったよ」

ハーブは思《おも》い切《き》りスチュアートの手《て》を打《う》った。その勢《いきお》いで、スチュアートの体《からだ》が一回転《いっかいてん》すると、ハーブはさらにスチュアートと手《て》を打《う》ち合《あ》わせた。

「アハハ」

一人前《いちにんまえ》に扱《あつか》ってもらい、スチュアートは大喜《おおよろこ》びだった。

一行《いっこう》はエレベーターで上《うえ》の階《かい》にあがった。ウィーン。エレベーターのドアが開《あ》いて部屋《へや》が見《み》えたとたん、ミニオンたちは目《め》をまるくした。

「ウワーオ！」

「どう、いかす？　ちょっと部屋《へや》が寂《さび》しかったから、盗《ぬす》んできたの」

スカーレットが得意《とくい》げに言《い》った。部屋《へや》には彫刻《ちょうこく》や絵画《かいが》、金銀財宝《きんぎんざいほう》があふれかえっている。有名《ゆうめい》なロック歌手《かしゅ》のギターを見《み》て、スチュアートは喜《よろこ》んだ。

「ワオ、メガ・ウクレレ」

宝物《たからもの》に混《ま》じって、スープの絵《え》が描《えが》かれた巨大《きょだい》な看板《かんばん》があった。今度《こんど》はハーブが得意《とくい》げに言《い》った。

「この絵《え》には、おれのスープへの愛《あい》が見事《みごと》に表現《ひょうげん》されてるから盗《ぬす》んだのさ」

「ヒューヒュー」

ミニオンたちは歓声《かんせい》をあげた。スカーレットがパンパンと手《て》を叩《たた》いて、みんなの注意《ちゅうい》を自分《じぶん》に向《む》けた。

「さて、そろそろビジネスの話《はなし》といきましょうか」

スカーレットは壁《かべ》に掛《か》かった肖像画《しょうぞうが》の前《まえ》に立《た》った。金《きん》の額《がく》に納《おさ》められているその絵《え》には、白《しろ》いドレスを着《き》て冠《かんむり》をかぶった女《おんな》の人《ひと》が描《えが》かれている。

「この人《ひと》、誰《だれ》だか知《し》ってる？」

スカーレットは両手《りょうて》をうしろで組《く》んで尋《たず》ねた。

「ラ・クカラッチャ？」

ケビンが言《い》った。スペイン語《ご》でゴキブリという意味《いみ》だ。

ゴキブリですって？　スカーレットは憤慨《ふんがい》した。

「これはエリザベス女王《じょおう》！」

と言《い》い、肖像画《しょうぞうが》を指《ゆび》さした。

「イギリスの君主《くんしゅ》よ。あたしはイギリスがとっても好《す》きなの。音楽《おんがく》もファッションも」

スカーレットはうっとりした顔《かお》になった。

「いつかこの国《くに》をあたしのものにしてみせる」

「オー」

ケビンが息《いき》を呑《の》んだ。

「とにかく、今《いま》はこのおばさんがこの国《くに》で一番偉《いちばんえら》いの。あたしは女王《じょおう》の大《だい》ファンなの。だから、心《こころ》からこの王冠《おうかん》が欲《ほ》しくてたまらない」

「ドゥカータ！　ドゥカータ！」

王冠《おうかん》だって！　ミニオンたちは興奮《こうふん》して抱《だ》き合《あ》った。そんな彼《かれ》らの目《め》を見《み》て、スカーレットは続《つづ》けた。

「王冠《おうかん》を盗《ぬす》んできたら、なんでも望《のぞ》みのままよ。尊敬《そんけい》も！　権力《けんりょく》も！」

スカーレットは拳《こぶし》を振《ふ》りあげ、力《ちから》をこめた。

「バナナ！」

すかさずスチュアートが言《い》った。

「そう、バナナも」

スカーレットはもう一度《いちど》拳《こぶし》を振《ふ》りあげた。

やった！　やった！　ミニオンたちは大喜《おおよろこ》びだった。

10

氷《こおり》の洞窟《どうくつ》から逃《に》げだしたミニオンたちは、集団《しゅうだん》で雪原《せつげん》をとぼとぼ歩《ある》いていた。ケビンたちのいるイギリスに行《い》こうとしていたのだ。

ひとりのミニオンが、地面《じめん》のこぶにぶつかって転《ころ》んだ。ちっ！　腹《はら》を立《た》ててこぶを蹴《け》ると、それは先《さき》を歩《ある》いていた別《べつ》のミニオン、ヘンリーだった。倒《たお》れていたら雪《ゆき》が降《ふ》り積《つ》もり、動《うご》けなくなっていたのだ。

「ヘンリー！」

ミニオンは必死《ひっし》に雪《ゆき》をかきわけ、ヘンリーを雪《ゆき》の中《なか》から引《ひ》きずりだした。

先頭《せんとう》を歩《ある》いていたふたりのミニオンは地図《ちず》を見《み》ていた。えーと、イギリスはこっちに行《い》けばいいのかな？

「チェバラ！」

よーし、こっちだ！　ミニオンが手《て》を振《ふ》ったときだった。突然足《とつぜんあし》もとの雪原《せつげん》が、むっくりと起《お》きあがった。

わ！　な、なんだ？　なんと、それは雪原《せつげん》ではなく、シロクマだった。地面《じめん》に横《よこ》たわっていたシロクマの体《からだ》の上《うえ》を歩《ある》いていたのだ。

「ウオー！」

シロクマが大《おお》きな口《くち》をあけ、吠《ほ》えた。

食《た》べられちゃう！　逃《に》げろ〜！

ミニオンの一団《いちだん》はあわてて逃《に》げ、大《おお》きな流氷《りゅうひょう》に飛《と》びのった。そしていっせいに、手《て》で水《みず》をかいた。ぐんぐん、ボートのように流氷《りゅうひょう》は進《すす》んでいく。

やった、もう大丈夫《だいじょうぶ》だ！　そう思《おも》った瞬間《しゅんかん》、向《む》こう側《がわ》の岸《きし》に別《べつ》のシロクマがあらわれ、吠《ほ》えた。

「ウオー！」

ミニオンたちは、今度《こんど》は逆向《ぎゃくむ》きに流氷《りゅうひょう》を漕《こ》いだ。まったく、もう！

さて、こちらはロンドン。ケビン、スチュアート、ボブの三人《さんにん》は、スカーレットの夫《おっと》、ハーブの研究室《けんきゅうしつ》にいた。さまざまな計器《けいき》や機械《きかい》がたくさんある。

「ワオ！」

ボブが赤《あか》く大《おお》きなドームに駆《か》けよった。

「ウララ～」

目《め》をきょろきょろさせてボブが中《なか》をのぞいていると、

「それに近《ちか》づいたらだめだ！」

研究室《けんきゅうしつ》の天井近《てんじょうちか》くから声《こえ》がとんだ。螺旋階段《らせんかいだん》のてっぺんにハーブがいて、グラスに酒《さけ》をそそぎながらおりてくる。

「そいつが完成《かんせい》したら、究極《きゅうきょく》の兵器《へいき》になる。でも今《いま》はまだ開発《かいはつ》の途中《とちゅう》で、不安定《ふあんてい》な状態《じょうたい》だから危《あぶ》ないんだ」

ハーブは酒《さけ》を飲《の》もうとしたが、思《おも》い直《なお》したのか、グラスを下《した》に落《お》とした。

「きみらに必要《ひつよう》なのは、王冠《おうかん》を盗《ぬす》むための道具《どうぐ》だろ？」

そう言《い》うなり、ハーブは螺旋階段《らせんかいだん》から飛《と》びおりた。右手《みぎて》の先《さき》に何《なに》かバネのようなものがついていて、それにぶら下《さ》がっている。床《ゆか》に着地《ちゃくち》すると、右手《みぎて》につけたバネがするすると縮《ちぢ》んだ。

「ボブ、ロバート、ボビー、マイ・ボーイ」

「シ？」

ぼく？　ボブは指《ゆび》で自分《じぶん》をさした。

「きみには、この自由《じゆう》に伸《の》び縮《ちぢ》みする棒《ぼう》をあげよう」

「わあ。ハホハホ！」

ボブはハーブに駆《か》けより、棒《ぼう》をもらった。

「ケビン、ケブ坊《ぼう》、セブン・ケビン。きみには溶岩《ようがん》ランプ銃《じゅう》をやろう」

とある装置《そうち》にハーブは近《ちか》づいた。装置《そうち》にはガラス瓶《びん》がはまっている。ハーブがボタンを押《お》すと、ガラス瓶《びん》の中《なか》に、どろどろした赤《あか》い液体《えきたい》が流《なが》しこまれた。瓶《びん》の先《さき》は尖《とが》った金属《きんぞく》になっている。どうやらガラスの銃《じゅう》らしい。

「こいつは本物《ほんもの》の溶岩《ようがん》を発射《はっしゃ》するんだ！」

ハーブは装置《そうち》からガラスの銃《じゅう》をはずすと、誇《ほこ》らしげに掲《かか》げた。

「クールだろ、ええ？」

「ヒュー！　マカベ」

ケビンは喜《よろこ》んで、銃《じゅう》を受《う》けとった。

「さて、最後《さいご》はスチュアートだ。スチューパーマン、ビーフ・スチュー。きみには最高《さいこう》にクールな発明品《はつめいひん》をやろう」

「アーハハハ」

スチュアートは胸《むね》の前《まえ》で、祈《いの》るように両手《りょうて》を組《く》んだ。その頭《あたま》に、緑色《みどりいろ》の大《おお》きなベレー帽《ぼう》のようなものがかぶせられた。

「これは催眠帽子《さいみんぼうし》だ」

スチュアートは頭《あたま》に手《て》を伸《の》ばした。すると、帽子《ぼうし》が風船《ふうせん》のようにふくらみ、うしろにいたケビンとボブに向《む》かって光線《こうせん》が発《はっ》せられた。二匹《にひき》とも、頭《あたま》がくらくらしてきた。なんだか、帽子《ぼうし》に引《ひ》きよせられるような気《き》がする。

「これがあれば、どんな相手《あいて》にでも催眠術《さいみんじゅつ》をかけられるんだ。どんな相手《あいて》にでも！」

そこへスカーレットがあらわれた。

「まあ、みんな。とっても素敵《すてき》。三人《さんにん》のちびギャングを持《も》つ母親《ははおや》になった気分《きぶん》で、誇《ほこ》らしいわ」

ボブが右手《みぎて》を伸《の》ばそうとしたが、伸《の》び縮《ちぢ》み棒《ぼう》がついているので思《おも》うように扱《あつか》えない。

「ヤバレタボーレ、ヤバレタボーレ」

ボブは焦《あせ》った。スカーレットの前《まえ》でみっともないとこを見《み》せるなんて！

「大丈夫《だいじょうぶ》よ」

スカーレットは優《やさ》しく微笑《ほほえ》んだ。

「さあ、もう遅《おそ》くなったわ。今日《きょう》はいろいろあったから、あなたたちも疲《つか》れてるでしょ？」

三人《さんにん》は寝室《しんしつ》に案内《あんない》された。大《おお》きなベッドにボブは大喜《おおよろこ》び。

「ボイーン、ボイーン、ボイーン！」

クマのヌイグルミを持《も》ったまま、ベッドをトランポリン代《が》わりにして、飛《と》びはねている。

「大《おお》はしゃぎだぜ」

ベッドの脇《わき》でハーブが言《い》った。

「そうね、おとぎ話《ばなし》でもしてあげたら落《お》ち着《つ》くかしら？　どう、ボブ？」

スカーレットが優《やさ》しく声《こえ》をかけたが、ボブは相変《あいか》わらず飛《と》びはねている。しだいにスカーレットの声《こえ》も顔《かお》も険《けわ》しくなった。

「ボブ、聞《き》いてるの？　ボブったら！」

「おとぎバナナ？」

ようやくボブはおとなしくなった。

「いいね、クッキーとホットミルク持《も》ってくるよ。おとぎ話《ばなし》を聞《き》くには欠《か》かせないもんな。

わくわくするぜ」

ハーブは勇《いさ》んで部屋《へや》から出《で》ていった。

ケビン、スチュアート、ボブは大《おお》きなベッドに並《なら》んで横《よこ》になり、スカーレットの話《はなし》を待《ま》った。どんなお話《はなし》なのかな？　きっと夢《ゆめ》があって、楽《たの》しい話《はなし》だろう。早《はや》く聞《き》きたくて、うずうずしていた。

「昔々《むかしむかし》、あるところに三匹《さんびき》の子豚《こぶた》がいました」

スカーレットはベッドの端《はし》に腰《こし》をおろすと、お母《かあ》さんのような優《やさ》しい口調《くちょう》で話《はな》しだした。

ボブはクマのヌイグルミのティムを抱《だ》きしめたまま、聞《き》き入《い》っている。

「ある運命《うんめい》の日《ひ》、子豚《こぶた》たちは体《からだ》が大《おお》きくて邪悪《じゃあく》な狼《おおかみ》と出会《であ》いました。驚《おどろ》いたことに、狼《おおかみ》は三匹《さんびき》の子豚《こぶた》とその仲間《なかま》たちに仕事《しごと》を頼《たの》みました。みんながとっても幸《しあわ》せになれる仕事《しごと》です！　その仕事《しごと》とは、小《ちい》さな王冠《おうかん》を盗《ぬす》んでくるだけです。狼《おおかみ》は、ずっとその王冠《おうかん》が欲《ほ》しかったのでした。子《こ》どもの頃《ころ》の狼《おおかみ》はお金《かね》もなく、住《す》む家《いえ》もなく、誰《だれ》にも愛《あい》されず、ひとりぼっちでした。でも、王冠《おうかん》があれば狼《おおかみ》はプリンセスになれる。誰《だれ》からも愛《あい》されるプリンセスに！　そこで狼《おおかみ》は、三匹《さんびき》の子豚《こぶた》に王冠《おうかん》を盗《ぬす》みに行《い》かせました」

スカーレットはそこでひと息《いき》ついて、また話《はな》しだした。戻《もど》ってきたハーブは、クッキーをぼりぼり食《た》べ、ホットミルクを飲《の》みながら聞《き》いている。

「ところが子豚《こぶた》たちは能《のう》なしでした。王冠《おうかん》を盗《ぬす》むのに失敗《しっぱい》したのです。狼《おおかみ》はかんかんに怒《おこ》って、三匹《さんびき》を地球上《ちきゅうじょう》から消《け》してしまいました」

スカーレットはそこでにっこり笑《わら》い、ベッドから立《た》ちあがった。

「さ、お話《はなし》はこれでおしまい」

ぶるぶる。ケビンとスチュアートはベッドの上《うえ》で震《ふる》えて抱《だ》き合《あ》った。ボブだけは平気《へいき》な顔《かお》をしている。

「じゃあ、明日《あした》のお仕事《しごと》、頑張《がんば》ってね。あたしをがっかりさせないで」

猫撫《ねこな》で声《ごえ》で言《い》うと、スカーレットはハーブを連《つ》れて寝室《しんしつ》を出《で》ていった。明《あ》かりが消《け》されて真《ま》っ暗《くら》になった部屋《へや》の中《なか》で、ボブのいびきだけが響《ひび》いていた。

11

翌日《よくじつ》。ロンドン塔《とう》の前《まえ》に三人《さんにん》はいた。

ロンドン塔《とう》は、正式《せいしき》には『女王陛下《じょおうへいか》の宮殿《きゅうでん》にして要塞《ようさい》』と呼《よ》ばれるように、敵《てき》からロンドンを守《まも》るため十一世紀《じゅういっせいき》に築《きず》かれた城塞《じょうさい》だ。

宮殿《きゅうでん》として使《つか》われていたこともあるが、十三世紀《じゅうさんせいき》からは監獄《かんごく》として使《つか》われ、数多《かずおお》くの王《おう》室《しつ》の人間《にんげん》がここに閉《と》じこめられ、処刑《しょけい》されたという血《ち》なまぐさい歴史《れきし》も持《も》つ。その一方《いっぽう》で、イギリス王室《おうしつ》の財宝《ざいほう》の数々《かずかず》が展示《てんじ》されていることでも有名《ゆうめい》で、いつも観光客《かんこうきゃく》でにぎわっている。

ミニオンたちの使命《しめい》は、ここに飾《かざ》られている王冠《おうかん》を盗《ぬす》むことだ。スカーレットのために、なんとしても任務《にんむ》を成功《せいこう》させなくては！　三人《さんにん》は意欲《いよく》に燃《も》えていた。

ケビンはスカーレットから渡《わた》された王冠《おうかん》の写真《しゃしん》を見《み》た。よし、これを盗《ぬす》めばいいんだな。

ケビンはうなずいた。

「オーケイ」

周囲《しゅうい》にはすでにたくさんの見物客《けんぶつきゃく》がいて、パンフレットを見《み》ながら歩《ある》いている。

三人《さんにん》は入場券売《にゅうじょうけんう》り場《ば》に並《なら》んだ。ケビンが窓口《まどぐち》に飛《と》びあがって声《こえ》をかけた。

「ベロー。トレー、プリーズ」

三枚《さんまい》お願《ねが》い、と言《い》ったつもりだが、窓口《まどぐち》の白髪頭《しらがあたま》のおばさんには通《つう》じなかった。

「子《こ》どもだけじゃ入《はい》れないのよ」

怖《こわ》い顔《かお》でおばさんが言《い》った。

「帰《かえ》りなさい。不良《ふりょう》ども！」

三人《さんにん》はすごすごと窓口《まどぐち》から引《ひ》き返《かえ》した。が、これでへこたれるようなミニオンたちではない。

しばらくすると、塔《とう》の前《まえ》に珍妙《ちんみょう》な姿《すがた》の女《おんな》の人《ひと》があらわれた。青《あお》い水玉模様《みずたまもよう》の帽子《ぼうし》をかぶり、ピンク色《いろ》のタートルネックのセーターに赤《あか》いスカート姿《すがた》で、ふらふら歩《ある》いている。実《じっ》はミニオンたちの変装《へんそう》で、スチュアートの肩《かた》の上《うえ》にケビンが乗《の》り、その上《うえ》にボブが乗《の》って、セーターから顔《かお》を出《だ》している。

近《ちか》くを男《おとこ》の人《ひと》が通《とお》りかかった。ミニオンたちの変装《へんそう》とも知《し》らず、じろじろ見《み》ていると、ふいにセーターの胸《むね》のところがめくれあがり、中《なか》からケビンが顔《かお》を出《だ》した。うわっ！　男《おとこ》の人《ひと》は、びっくりしてあとずさった。

入場券《にゅうじょうけん》売《う》り場《ば》に行《い》くと、窓口《まどぐち》のおばさんが尋《たず》ねた。

「何枚《なんまい》ですか？」

「トレー、プリーズ」

ボブが〝三枚《さんまい》〟と言《い》うと、セーターの中《なか》からケビンが、

「ウノ！　ウノ！」

と訂正《ていせい》し、金《きん》の延《の》べ棒《ぼう》をセーターから出《だ》して窓口《まどぐち》に置《お》いた。窓口《まどぐち》のおばさんは何事《なにごと》もなかったかのような顔《かお》で、チケットを一枚《いちまい》すっと差《さ》しだした。

「どうぞ、ごゆっくり」

塔《とう》の中《なか》に入《はい》ったものの、あちこちに制服姿《せいふくすがた》のいかめしい衛兵《えいへい》がいる。人気《ひとけ》のない物陰《ものかげ》まで行《い》くと、ミニオンたちはセーターとスカートを脱《ぬ》いで、三人《さんにん》に分《わ》かれた。

やれやれ、やっと楽《らく》になれた。

「カミイ」

ケビンがガラスの溶岩銃《ようがんじゅう》を持《も》って先頭《せんとう》を歩《ある》いた。すると、大男《おおおとこ》の衛兵《えいへい》が三人《さんにん》、目《め》の前《まえ》にぬっとあらわれた。三人《さんにん》とも槍《やり》をかまえている。

「何《なに》している！」

「うう……」

ケビン、スチュアート、ボブは身《み》を寄《よ》せ合《あ》った。

「ここは立《た》ち入《い》り禁止《きんし》の場所《ばしょ》だ。手《て》を上《あ》げろ！」

大男三人《おおおとこさんにん》に槍《やり》を向《む》けられ、ケビンとボブは震《ふる》えあがった。そこにさっと進《すす》みでたのがスチュアートだ。

「パティドゥア！」

ここはぼくに任《まか》せろ！　スチュアートは頭《あたま》にかぶっていた緑色《みどりいろ》の催眠帽子《さいみんぼうし》をふくらませた。

「トリカド〜、マケラロゼ〜」

スチュアートの呪文《じゅもん》とともに、たちまち催眠電波《さいみんでんぱ》が衛兵《えいへい》たちを襲《おそ》った。

うう！　なんだ？　見《み》えない力《ちから》に引《ひ》きずらてしまいそうで、衛兵《えいへい》たちは顔《かお》をそむけた。

「よせ！」

「キトケラチョパチ〜」

スチュアートは呪文《じゅもん》のようにうたいながら、パワーを送《おく》りつづける。いつしか衛兵《えいへい》たちは催眠術《さいみんじゅつ》にかかり、両手《りょうて》を広《ひろ》げてうたい出《だ》していた。それどころか、服《ふく》を脱《ぬ》いで上半身裸《じょうはんしんはだか》になって踊《おど》りはじめた。

「パトラパトゥー、パトラパトゥー」

ボブもじっとしていられず、みんなに混《ま》じってうたい、踊《おど》った。

よし、今《いま》だ！　ケビンの合図《あいず》で、スチュアートとボブは衛兵《えいへい》たちを残《のこ》して、立《た》ち入《い》り禁《きん》止《し》の区域《くいき》の中《なか》に入《はい》っていった。


ひいひい、ふうふう。三人《さんにん》は塔《とう》の階段《かいだん》を駆《か》けのぼった。かなり息《いき》が切《き》れる。しだいに足《あし》取《ど》りも重《おも》くなってきた。目指《めざ》す部屋《へや》に着《つ》く頃《ころ》には、三人《さんにん》ともへとへとになっていた。やがて、目《め》の前《まえ》に重厚《じゅうこう》なドアがあらわれた。

このドアの向《む》こうに、王冠《おうかん》があるんだ！

溶岩銃《ようがんじゅう》を手《て》に、ケビンが前《まえ》に進《すす》みでた。

「ギバ、パラレ」

ケビンは銃《じゅう》を発射《はっしゃ》した。

赤《あか》くどろどろした溶岩《ようがん》が飛《と》びでて、ドアに穴《あな》があいた。穴《あな》の向《む》こうにガラスケースにしまわれた王冠《おうかん》が見《み》える。赤《あか》いクッションの上《うえ》で、王冠《おうかん》はきらきら光《ひか》っている。

ごくり。ミニオンたちは息《いき》を呑《の》んだ。

「カミイ」

ケビンが先《さき》に立《た》って進《すす》んだ。ガラスケースの一歩手前《いっぽてまえ》まで近《ちか》づいたときだった。ケースのうしろで黒《くろ》い影《かげ》がむくむくと起《お》きあがった。

「おまえら。女王陛下《じょおうへいか》の王冠《おうかん》を盗《ぬす》みにきたんだな？」

黒《くろ》い影《かげ》は、老《お》いてよぼよぼの衛兵《えいへい》だった。どうやら泥棒《どろぼう》を待《ま》ちかまえていたらしい。

「だったら、わしを倒《たお》していけ！　わしは王冠《おうかん》の番人《ばんにん》だからな！」

12

衛兵《えいへい》は杖《つえ》をついて、よろよろと前《まえ》に進《すす》んだ。

ミニオンたちは一瞬《いっしゅん》ぽかんとした顔《かお》になったが、顔《かお》を見合《みあ》わせて笑《わら》った。

「キャハハ！」

「フガフガ〜」

ケビンが衛兵《えいへい》の口調《くちょう》を真似《まね》すると、笑《わら》い声《ごえ》が一段《いちだん》と高《たか》くなった。ゴツン！　衛兵《えいへい》はケビンの頭《あたま》を杖《つえ》で殴《なぐ》った。

「老人《ろうじん》を嘲《あざけ》るのが楽《たの》しいか、ええ？」

衛兵《えいへい》は今度《こんど》はケビンの体《からだ》を杖《つえ》でつんつん突《つ》いた。

「わしは何十年《なんじゅうねん》ものあいだ、ずっと待《ま》っておったんじゃ。女王陛下《じょおうへいか》のお宝《たから》を盗《ぬす》みに誰《だれ》かが来《く》るのを！」

杖《つえ》で突《つ》かれ、ケビンは吹《ふ》っとばされた。老人《ろうじん》とはいえ、なかなか手《て》ごわそうな相手《あいて》だ。

「オーケイ」

スチュアートが頭《あたま》の催眠帽子《さいみんぼうし》をふくらませた。よーし、催眠《さいみん》パワーでやっつけてやる！

「トビカド〜」

スチュアートはうたいながら、パワーを送《おく》った。けれど衛兵《えいへい》は年寄《としよ》りで耳《みみ》が遠《とお》く、歌《うた》がよく聞《き》こえない。

「なんだ、そのへんてこな歌《うた》は？」

衛兵《えいへい》はスチュアートを蹴《け》とばした。またも撃沈《げきちん》だ。

「ハッハッハ！」

衛兵《えいへい》はうれしそうに杖《つえ》を振《ふ》りまわした。

そのときだった。するするとガラスケースが下《さ》がっていくではないか。大変《たいへん》だ、王冠《おうかん》がどこかに行《い》っちゃう！

「オドバケ！」

ケビンが溶岩銃《ようがんじゅう》をかまえた。一発《いっぱつ》お見舞《みま》いしてやるぞ！

「そうはいくか！」

衛兵《えいへい》は杖《つえ》を溶岩銃《ようがんじゅう》の銃口《じゅうこう》に突《つ》っこんだ。このままでは発射《はっしゃ》できない。ガラスの銃《じゅう》が溶岩《ようがん》でぱんぱんにふくらんでいき……パチン！　銃《じゅう》が破裂《はれつ》してしまった。

その勢《いきお》いで衛兵《えいへい》はうしろに吹《ふ》っとばされた。

ドーン！　鎧《よろい》にぶつかって跳《は》ねかえった。そこへ、鎧《よろい》の兜《かぶと》が飛《と》んできて、衛兵《えいへい》の頭《あたま》にすっぽりはまった。前《まえ》が見《み》えなくなった。

「どうなっとるんじゃ？」

衛兵《えいへい》はわめいた。

そうこうしているあいだに、ガラスケースはずんずん床《ゆか》に沈《しず》んでいく。

「ゴー、ゴー！」

三人《さんにん》はあわてて駆《か》けよると、さらに下《さ》がっていくケースに飛《と》びのった。ケースはエレベーターのように下《した》におりていく。ケビン、スチュアート、ボブを上《うえ》に乗《の》せたまま。

なんとかしなくっちゃ！　そうだ！

ボブは腕《うで》についている伸《の》び縮《ちぢ》み棒《ぼう》を使《つか》うことにした。ガラスケースの丸《まる》い縁《ふち》に沿《そ》って棒《ぼう》を動《うご》かし、摩擦《まさつ》の熱《ねつ》で焼《や》ききった。

やったぞ！　中《なか》に手《て》を入《い》れて王冠《おうかん》を取《と》りだそうとしたそのときだった。突然《とつぜん》、ガラスケースの落下《らっか》が止《と》まった。何事《なにごと》だ？　三人《さんにん》はぎょっとした。

そして目《め》の前《まえ》の扉《とびら》が開《あ》いた。

塔《とう》の前《まえ》には赤《あか》いカーペットが敷《し》かれ、衛兵隊《えいへいたい》が両側《りょうがわ》にずらりと並《なら》んでいる。王冠《おうかん》の入《はい》ったガラスケースは、自動的《じどうてき》に前《まえ》に進《すす》みでた。

ひとりの衛兵《えいへい》がケースをあけた。クッションごと王冠《おうかん》を両手《りょうて》で持《も》ちあげると、その衛兵《えいへい》は脚《あし》を高《たか》く上《あ》げて勢《いきお》いよく歩《ある》いていった。ほかの衛兵《えいへい》たちも、いっせいにあとをついていく。

ああ、王冠《おうかん》が持《も》ってかれちゃう！　ミニオンたちは空《から》っぽのケースに駆《か》けより、呆然《ぼうぜん》と見《み》つめた。

道《みち》の両脇《りょうわき》は大勢《おおぜい》の人《ひと》で埋《う》めつくされていた。女王陛下《じょおうへいか》の馬車《ばしゃ》を迎《むか》えるためだ。

やがて白《しろ》い四頭《よんとう》の馬《うま》に引《ひ》かれて、馬車《ばしゃ》があらわれた。金《きん》のモールで縁取《ふちど》られた真紅《しんく》の四《よん》輪馬車《りんばしゃ》に乗《の》った女王《じょおう》は、沿道《えんどう》の人々《ひとびと》に微笑《ほほえ》みかけ、手《て》を振《ふ》った。

ミニオンたちはあわてて、とことこ馬車《ばしゃ》を追《お》いかけた。

が、何《なに》しろ体長《たいちょう》70センチほどしかないうえに脚《あし》が短《みじか》いので、馬車《ばしゃ》にかなうわけがない。

それに沿道《えんどう》には人《ひと》がぎっしりいて、かきわけていくのは大変《たいへん》だ。

ピン！　ボブの頭《あたま》にいい考《かんが》えがひらめいた。ハーブからもらった伸《の》び縮《ちぢ》み棒《ぼう》を使《つか》えばいい。

せいの！　ジャンプをすると、たちまち人々《ひとびと》をはるかに見《み》おろす高《たか》さまで、両脚《りょうあし》がビヨーンと伸《の》びた。

「ヘッヘッ！」

ボブは得意《とくい》げに、沿道《えんどう》の人々《ひとびと》の隙間《すきま》に足《あし》を入《い》れ、歩《ある》いた。脚《あし》が長《なが》い分《ぶん》、歩幅《ほはば》も大《おお》きい。じきに馬車《ばしゃ》が見《み》えてきた。ケビンとスチュアートが短《みじか》い脚《あし》をちょこまか動《うご》かして走《はし》っている姿《すがた》も見《み》える。

はあはあ。ケビンとスチュアートが息《いき》を切《き》らして走《はし》っていると、突然《とつぜん》うしろから何《なに》かが伸《の》びてきて体《からだ》に巻《ま》きついたかと思《おも》うと、地面《じめん》からさらわれていった。

うわー、なんだ？

ボブが両手《りょうて》についた伸《の》び縮《ちぢ》み棒《ぼう》を伸《の》ばし、仲間《なかま》たちの体《からだ》をすくいあげたのだ。右手《みぎて》にケビン、左手《ひだりて》にスチュアートを抱《かか》えると、ボブはまたのしのしと歩《ある》きだした。

女王《じょおう》は王冠《おうかん》をかぶったまま、優雅《ゆうが》に馬車《ばしゃ》の窓《まど》から手《て》を振《ふ》っている。そのすぐあとをボブたちが追《お》いかける。

沿道《えんどう》で警備《けいび》をしていた警官三人《けいかんさんにん》が、ボブに気《き》づいた。

「なんだあれは？」

何《なん》メートルもの金属《きんぞく》の脚《あし》がある謎《なぞ》の物体《ぶったい》が、女王《じょおう》の馬車《ばしゃ》を追《お》いかけていくではないか。

「捕《つか》まえろ！」

警官《けいかん》たちはボブのあとを追《お》って走《はし》りだした。ふたりの警官《けいかん》がそれぞれ、ボブの左右《さゆう》の脚《あし》にしがみついた。

ボブの体《からだ》が前《まえ》のめりになり、倒《たお》れそうになった。その拍子《ひょうし》に、両腕《りょううで》に抱《かか》えていたケビンとスチュアートがポーン！　遠《とお》くに投《な》げとばされた。ふたりの体《からだ》が宙《ちゅう》を舞《ま》う。

「うわあ！」

ドスン！　ケビンが着地《ちゃくち》したのは、馬車《ばしゃ》を引《ひ》く白《しろ》い馬《うま》の尻《しり》の上《うえ》だった。

ヒヒーン！　たちまち馬《うま》がうしろ脚《あし》を蹴《け》り、暴走《ぼうそう》を始《はじ》めた。ほかの三頭《さんとう》の馬《うま》もそれに引《ひ》きずられる形《かたち》で、勢《いきお》いよく走《はし》りだした。

御者台《ぎょしゃだい》から御者《ぎょしゃ》が放《ほう》りだされ、道路《どうろ》に叩《たた》きつけられた。何《なに》が起《お》きたのかわからず、目《め》を白黒《しろくろ》させている。

「ケビーン！」

ボブが叫《さけ》んだ。警官《けいかん》ふたりに両脚《りょうあし》をつかまれて道路《どうろ》に倒《たお》れたまま、動《うご》くに動《うご》けないでいる。足《あし》を蹴《け》って警官《けいかん》たちを振《ふ》りはらうと、ボブは駆《か》けだした。その前《まえ》に三人《さんにん》めの警官《けいかん》が立《た》ちはだかった。

「止《と》まれ！」

ボブはくるりと振《ふ》りかえった。先《さき》ほどまで脚《あし》にしがみついていたふたりの警官《けいかん》が追《お》いかけてくる。

前《まえ》とうしろを警官《けいかん》たちにはさまれ、絶体絶命《ぜったいぜつめい》だ！　よーし！　ボブは足《あし》の伸《の》び縮《ちぢ》み棒《ぼう》を使《つか》って思《おも》いっきりジャンプして、近《ちか》くの高《たか》いビルの屋根《やね》にぶら下《さ》がった。

ふう、やれやれ。下《した》を見《み》ると、警官《けいかん》たちがてんやわんやの騒《さわ》ぎだった。

「女王《じょおう》が誘拐《ゆうかい》されそうです！」

ひとりの警官《けいかん》が無線機《むせんき》に向《む》かってわめいた。警察署《けいさつしょ》でその知《し》らせを受《う》けた巡査部長《じゅんさぶちょう》は、びっくりした。なんだって？　女王陛下《じょおうへいか》が誘拐《ゆうかい》？

「大変《たいへん》だ！」

巡査部長《じゅんさぶちょう》は緊急《きんきゅう》ボタンをおした。たちまち、あちこちからパトカーが集《あつ》まってきて、馬《ば》車《しゃ》をおいかけた。

13

「ハイヤー！」

御者《ぎょしゃ》がいなくなってしまったため、ケビンが手綱《たづな》を握《にぎ》っていた。馬車《ばしゃ》の屋根《やね》にはスチュアートがいる。馬車《ばしゃ》のあとを何台《なんだい》ものパトカーが追《お》いかけている。

そのあとを、ボブが伸《の》び縮《ちぢ》み棒《ぼう》の長《なが》い脚《あし》で、次々《つぎつぎ》に建物《たてもの》をまたいで追《お》っていった。が、途中《とちゅう》の屋根《やね》に引《ひ》っかかって脚《あし》が縮《ちぢ》み、道路《どうろ》に転《ころ》がり落《お》ちてしまった。

プップー！　そこに一台《いちだい》の車《くるま》が！　危《あぶ》ない！　ボブは伸《の》び縮《ちぢ》み脚《あし》のバネを使《つか》ってジャンプし、間一髪《かんいっぱつ》のところで撥《は》ねられずにすんだ。

空中《くうちゅう》で一回転《いっかいてん》して、ボブは地面《じめん》に着地《ちゃくち》した。イエーイ！　ガッツポーズをしていると、うしろから来《き》た別《べつ》の車《くるま》に撥《は》ねられてしまった。コロコロ。ボブの体《からだ》は道路《どうろ》を転《ころ》がり、マンホールに落《お》ちていった……。

「ハイヤー、ハイヤー！」

ケビンは馬《うま》たちを全速力《ぜんそくりょく》で走《はし》らせていた。

「いったい、何事《なにごと》？」

馬車《ばしゃ》の中《なか》で女王《じょおう》は、わけがわからず、おろおろしていた。そこに屋根《やね》にいたスチュアートが、窓《まど》から飛《と》びこんできた。

「ベロー」

スチュアートは親《した》しげに、女王《じょおう》の膝《ひざ》に乗《の》った。

「きゃあ！」

なんなの、このわけのわからない珍妙《ちんみょう》な生《い》き物《もの》は？　女王《じょおう》はスチュアートを突《つ》きとばした。が、スチュアートは懲《こ》りずに、再《ふたた》び女王《じょおう》に抱《だ》きついた。女王《じょおう》が体《からだ》をかわした拍子《ひょうし》に、頭《あたま》から王冠《おうかん》が落《お》ちた。

すかさずスチュアートは王冠《おうかん》をかぶった。

「かむり、かむり！」

スチュアートは万歳《ばんざい》をして、大喜《おおよろこ》びだ。

けれど女王《じょおう》は手《て》ごわかった。さっと王冠《おうかん》を奪《うば》いかえすと、自分《じぶん》の頭《あたま》に載《の》せ、スチュアートの顔《かお》を引《ひ》っぱたいた。

「いいこと？」

女王《じょおう》は厳《きび》しい口調《くちょう》で叱《しか》った。

「紳士《しんし》はレディの王冠《おうかん》を盗《ぬす》んだりしちゃいけないの！」

そう言《い》うなりスチュアートの頭《あたま》を殴《なぐ》り、さらに腹《はら》に足蹴《あしげ》りを食《く》らわせた。イギリス女王《じょおう》の威厳《いげん》を思《おも》い知《し》らせてやるわ！


ここはどこだろう？

マンホールに落《お》ちたボブは、あたりをきょろきょろ見《み》まわした。するとそこに地下鉄《ちかてつ》が走《はし》ってきた。ボブが落《お》ちたのは、線路《せんろ》の上《うえ》だったのだ。
ボブはすかさず伸《の》び縮《ちぢ》みする脚《あし》をトンネルの両側《りょうがわ》の壁《かべ》に伸《の》ばし、這《は》いあがった。股《また》の下《した》を列車《れっしゃ》が通《とお》っていく。ボブは列車《れっしゃ》の屋根《やね》に乗《の》った。このまま行《い》けば、馬車《ばしゃ》に追《お》いつけるかもしれない。

馬車《ばしゃ》の御者台《ぎょしゃだい》にいたケビンは、あわてていた。馬《うま》の暴走《ぼうそう》が止《と》まらないのだ。ついに馬《うま》をつなぐ棒《ぼう》が折《お》れ、馬《うま》は勝手《かって》に走《はし》っていってしまった。馬《うま》がいなくなっても、四《よっ》つの車輪《しゃりん》は勢《いきお》いが止《と》まらず、車体《しゃたい》はそのまま走《はし》りつづけた。

ボブは列車《れっしゃ》の屋根《やね》をつたって後部車両《こうぶしゃりょう》まで行《い》くと、屋根《やね》から飛《と》びおりた。列車《れっしゃ》はそのまま走《はし》り去《さ》っていった。
顔《かお》を上《あ》げると、頭上《ずじょう》にマンホールの蓋《ふた》が見《み》える。さっき落《お》ちたマンホールからは、ずいぶん先《さき》まで来《き》たはずだ。ボブは伸《の》び縮《ちぢ》みする脚《あし》を伸《の》ばして背《せ》を高《たか》くし、マンホールの蓋《ふた》をあけた。

ちょうどそのとき、蓋《ふた》の上《うえ》を馬車《ばしゃ》の車体《しゃたい》が通《とお》りすぎていった。ボブはいそいで伸《の》び縮《ちぢ》みする手《て》を伸《の》ばして車体《しゃたい》をつかんだ。そのままマンホールから飛《と》びだし、車体《しゃたい》の後部《こうぶ》に乗《の》った。

行《ゆ》く手《て》にテムズ川《がわ》が見《み》えてきた。このままでは川《かわ》に落《お》ちちゃう！　ケビンは御者台《ぎょしゃだい》であわてた。

なんとかしなくちゃ！　ボブは車体《しゃたい》から飛《と》びおり、伸《の》び縮《ちぢ》みする両手《りょうて》でふたつの後輪《こうりん》をつかんだ。ボブはさらに脚《あし》を伸《の》ばし、踵《かかと》で車体《しゃたい》を止《と》めようとした。が、それでも車体《しゃたい》は止《と》まらない。

ボブは右手《みぎて》と右脚《みぎあし》で近《ちか》くの街灯《がいとう》をつかんだ。左手《ひだりて》と左脚《ひだりあし》が車体《しゃたい》に引《ひ》っ張《ぱ》られ、ボブの体《からだ》は左右《さゆう》にビヨーンと伸《の》びた。か、体《からだ》が裂《さ》けてしまいそう！

車体《しゃたい》が川岸《かわぎし》から川《かわ》の上《うえ》に飛《と》びだした。けれどボブに引《ひ》っ張《ぱ》られたままなので、車体《しゃたい》は川《かわ》には落《お》ちず、上空《じょうくう》で大《おお》きくスイングして戻《もど》ってくる。

「きゃあ！」

車内《しゃない》で女王《じょおう》はスチュアートと抱《だ》き合《あ》って震《ふる》えていた。

も、もう限界《げんかい》だ！　ボブは街灯《がいとう》から右手《みぎて》と右脚《みぎあし》を離《はな》した。車体《しゃたい》はボブを引《ひ》きずったまま、猛《もう》スピードで公園《こうえん》に突《つ》っこんでいった。鳩《はと》に餌《えさ》をやっていたおばあさんが、びっくりしてひっくり返《かえ》った。

ガッシーン！　公園《こうえん》の木《き》に衝突《しょうとつ》して、ようやく車体《しゃたい》は止《と》まった。ボブとケビンは地面《じめん》に放《ほう》りだされた。

斜《なな》めに傾《かたむ》いた車体《しゃたい》から、スチュアートが意気揚々《いきようよう》とおりてきた。頭《あたま》には王冠《おうかん》をかぶっている。

「この悪党《あくとう》！」

車体《しゃたい》から女王《じょおう》が手《て》を伸《の》ばし、王冠《おうかん》をひったくった。

「こいつらを捕《つか》まえて！」

パトカーで駆《か》けつけてきた警官《けいかん》たちに、女王《じょおう》は命令《めいれい》した。

14

「うわあ！」

三人《さんにん》はとことこ走《はし》って逃《に》げだした。が、ケビンとスチュアートは警官《けいかん》にタックルされ、捕《つか》まってしまった。

ボブは焦《あせ》った。行《ゆ》く手《て》に大《おお》きな岩《いわ》があらわれた。岩《いわ》の周囲《しゅうい》は鎖《くさり》で囲《かこ》まれており、『石《いし》に刺《さ》さった剣《つるぎ》』というプレートがかかっている。

あそこに逃《に》げるしかない！

ボブは鎖《くさり》をくぐり、岩《いわ》に駆《か》けのぼった。岩《いわ》の中央《ちゅうおう》には剣《けん》が突《つ》きささっていた。それは伝《でん》説《せつ》の剣《つるぎ》で、〝真《しん》の王者《おうじゃ》だけが岩《いわ》から抜《ぬ》き取《と》ることができる〟と昔《むかし》から言《い》われているものだ。

「待《ま》て！」

「止《と》まれ！」

警官《けいかん》たちが口々《くちぐち》に叫《さけ》んだ。神聖《しんせい》な岩《いわ》にのぼるなんて、とんでもない！

追《お》いつめられ、ボブは岩《いわ》の剣《けん》を両手《りょうて》でつかんだ。これを武器《ぶき》にしようと思《おも》ったのだ。

「エイヤー！」

力《ちから》を込《こ》めて引《ひ》くと、するり！　剣《けん》が抜《ぬ》けた。

「トヤー！」

ケビンは剣《けん》を、岩《いわ》の下《した》の警官《けいかん》たちに振《ふ》りかざした。

その瞬間《しゅんかん》、後光《ごこう》がさし、ボブの周囲《しゅうい》を鳩《はと》が飛《と》びかった。なんと、伝説《でんせつ》の剣《つるぎ》を抜《ぬ》く者《もの》があらわれたとは！

警官《けいかん》たちはケビンとスチュアートを離《はな》し、畏敬《いけい》の念《ねん》に打《う》たれて膝《ひざ》をついた。

「おお、新《あたら》しい王《おう》の誕生《たんじょう》だ！」

スカーレット・オーバーキルは、その夜《よる》のニュースを自宅《じたく》で見《み》ていた。あのおチビちゃんたち、うまくやってくれたかしら？

『イギリスのもっとも有名《ゆうめい》な伝説《でんせつ》が現実《げんじつ》になりました』

堅苦《かたくる》しいスーツ姿《すがた》のニュースキャスターが、語《かた》りだした。キャスターの背後《はいご》に、女王《じょおう》がボブに王冠《おうかん》をかぶせる映像《えいぞう》が流《なが》れた。

まあ、成功《せいこう》したのね！　スカーレットは胸《むね》をときめかせた。これで王冠《おうかん》はあたしのものだわ。

キャスターは話《はなし》を続《つづ》けた。

『ボブという黄色《きいろ》でツルツル頭《あたま》の子《こ》が、伝説《でんせつ》の剣《つるぎ》を引《ひ》き抜《ぬ》いたのです。そのため、伝説《でんせつ》に従《したが》い、ボブが新《あたら》しい国王《こくおう》となりました！』

なんですって？

スカーレットは飲《の》んでいたお茶《ちゃ》を思《おも》わず吹《ふ》きだした。王冠《おうかん》を盗《ぬす》んだんじゃなくて、あの小僧《こぞう》が国王《こくおう》に？

スカーレットは茶碗《ちゃわん》を床《ゆか》に投《な》げすてると、ソファーから立《た》ちあがった。さっそく格納庫《かくのうこ》に向《む》かい、自分専用飛行機《じぶんせんようひこうき》に飛《と》びのった。

あの裏切《うらぎ》り者《もの》のチビ！　ただじゃおかないから！


その頃《ころ》、デイブをはじめとするミニオンの一団《いちだん》は、防寒着姿《ぼうかんぎすがた》のまま浮《う》き輪《わ》に乗《の》って海《うみ》を進《すす》んでいた。浮《う》き輪同士《わどうし》を綱《つな》で結《むす》んで一列《いちれつ》になり、大型船《おおがたせん》に引《ひ》っ張《ぱ》ってもらっているのだ。

航海《こうかい》は快適《かいてき》だった。新聞《しんぶん》を読《よ》む者《もの》、パラソルの下《した》で食事《しょくじ》をする者《もの》、みな思《おも》い思《おも》いにくつろいでいた。

やがて船《ふね》は港《みなと》に着《つ》き、ミニオンたちは浮《う》き輪《わ》から桟橋《さんばし》に這《は》いあがった。

「やったー！　イギリツ、イギリツ！」

みんな大喜《おおよろこ》びだ。けれど、どこをどうまちがったのか、そこはイギリスではなくてオーストラリアだった。

オーストラリアは、世界《せかい》で六番《ろくばん》めに面積《めんせき》の広《ひろ》い国《くに》だ。ミニオンたちの短《みじか》い脚《あし》ではとても歩《ある》いてはいけない。

そこでカンガルーのお腹《なか》の袋《ふくろ》に入《はい》り、大陸《たいりく》を横断《おうだん》することになった。カンガルーは元気《げんき》にぴょんぴょん跳《は》ねていく。が、ミニオンたちは防寒着姿《ぼうかんぎすがた》のままで厚着《あつぎ》をしているうえに、オーストラリアのじりじり照《て》りつける陽射《ひざ》しにやられ、すっかりぐったりしていた。

やがて、ようやく大陸《たいりく》の端《はし》までたどり着《つ》いた。

そこは切《き》り立《た》った崖《がけ》で、深《ふか》い谷《たに》を隔《へだ》てて、向《む》こう側《がわ》に別《べつ》の大陸《たいりく》が見《み》える。その上《うえ》に『インド』と看板《かんばん》がかかっている。

「ヒャッホーイ！」

ひとりが崖《がけ》から飛《と》んだが、まっさかさまに落《お》ちてしまった。みんなはぎょっとした。が、崖《がけ》の途中《とちゅう》から突《つ》きでている木《き》に引《ひ》っかかって無事《ぶじ》だった。

うーむ。どうしたら向《む》こうの大陸《たいりく》に渡《わた》れるだろう？　そうだ、自分《じぶん》たちが橋《はし》になればいい！

さっそくひとりのミニオンの肩《かた》の上《うえ》に別《べつ》のミニオンが乗《の》り、そのミニオンの肩《かた》の上《うえ》にまた別《べつ》のミニオンが乗《の》り……たちまちミニオンの高《たか》いタワーができた。

一番上《いちばんうえ》のミニオンが前《まえ》に体《からだ》を傾《かたむ》けると、タワー全体《ぜんたい》が倒《たお》れた。一番上《いちばんうえ》のミニオンは向《む》こう側《がわ》の崖《がけ》の端《はし》をつかんだ。やった、橋《はし》ができたぞ！　残《のこ》っていたミニオンたちはその橋《はし》をとことこ渡《わた》っていった。

インドは舞踊《ぶよう》が盛《さか》んな国《くに》だ。髪《かみ》を結《ゆ》って額《ひたい》に宝石《ほうせき》をつけた女《おんな》の人《ひと》や、丸《まる》い帽子《ぼうし》をかぶった男《おとこ》の人《ひと》が、陽気《ようき》な音楽《おんがく》に合《あ》わせて踊《おど》っている。

「エセラ、エセラ〜」

ミニオンたちも踊《おど》りの輪《わ》に加《くわ》わって、楽《たの》しくダンスをした。

インドの次《つぎ》にミニオンたちが向《む》かったのはアメリカだった。宇宙服《うちゅうふく》を着《き》たふたりの男《おとこ》がそろりそろりと歩《ある》いている場面《ばめん》に出《で》くわした。男《おとこ》のひとりはアメリカの国旗《こっき》、星条旗《せいじょうき》を手《て》にしている。

「ベロー！」

ミニオンの一行《いっこう》は、男《おとこ》たちの前《まえ》を一列《いちれつ》になってぞろぞろと通《とお》りすぎた。

「カット！」

椅子《いす》に座《すわ》っていた偉《えら》そうな男《おとこ》の人《ひと》が、荒々《あらあら》しく叫《さけ》んだ。なんだ、この黄色《きいろ》のチビたちは？

どうやらそこは映画《えいが》の撮影《さつえい》セットで、月面着陸《げつめんちゃくりく》のシーンを撮《と》っている最中《さいちゅう》だったらしい。

ビューーン！　空《そら》を飛《と》んでいる飛行機《ひこうき》の翼《つばさ》の上《うえ》にミニオンの一団《いちだん》がいた。飛行機《ひこうき》の機体《きたい》には『ブリタニア航空《こうくう》』と記《しる》されている。この飛行機《ひこうき》で行《い》けば、今度《こんど》こそイギリスに着《つ》けるはずだった。

落《お》っこちたら大変《たいへん》だ！　なるべく下《した》を見《み》ないようにして、みんなは必死《ひっし》に翼《つばさ》にしがみついていた。

15

さて、こちらはイギリス。王家《おうけ》のリムジンの中《なか》に、ケビン、スチュアート、そして王冠《おうかん》をかぶったボブがいた。向《む》かう先《さき》は、バッキンガム宮殿《きゅうでん》。イギリス王室《おうしつ》の公式《こうしき》の宮殿《きゅうでん》だ。宮殿《きゅうでん》の内部《ないぶ》は有名《ゆうめい》な絵画《かいが》や彫刻《ちょうこく》など、すばらしい美術品《びじゅつひん》で豪華《ごうか》に飾《かざ》られている。また近《こ》衛兵《のえへい》の交代儀式《こうたいぎしき》は名物《めいぶつ》となっており、その時間《じかん》には写真《しゃしん》を撮《と》るために大勢《おおぜい》の観光客《かんこうきゃく》が詰《つ》めかける。

宮殿《きゅうでん》の屋上《おくじょう》に王室旗《おうしつき》が掲《かか》げられているときは、女王《じょおう》または国王《こくおう》が宮殿《きゅうでん》にいるという合図《あいず》だ。今《いま》も、屋上《おくじょう》では旗《はた》が風《かぜ》に揺《ゆ》れている。国王《こくおう》となったボブを迎《むか》えるためだ。

黒塗《くろぬ》りのリムジンの中《なか》は、どんちゃん騒《さわ》ぎだった。ボブは王冠《おうかん》をかぶり、マントを羽織《はお》り、すっかり舞《ま》いあがっている。

やがて車《くるま》は宮殿《きゅうでん》に着《つ》いた。黒《くろ》い礼服姿《れいふくすがた》の執事《しつじ》が車《くるま》のドアをあけ、深々《ふかぶか》とお辞儀《じぎ》をした。

「ボブ国王陛下《こくおうへいか》。バッキンガム宮殿《きゅうでん》にようこそ！」

「う……」

ボブは思《おも》わず息《いき》を呑《の》んだ。車《くるま》のドアの前《まえ》には真《ま》っ赤《か》なカーペットが敷《し》かれ、その両側《りょうがわ》に黒《くろ》い帽子《ぼうし》に赤《あか》い制服《せいふく》を着《き》た衛兵《えいへい》がずらりと並《なら》んでいる。その先《さき》の宮殿《きゅうでん》の正面玄関《しょうめんげんかん》の上《うえ》には、大《おお》きな国旗《こっき》が掛《か》かっていた。

「ノー」

ボブはすっかりビビッて、車《くるま》からおりる代《か》わりにドアをバタンと閉《し》めた。執事《しつじ》があわてて、窓越《まどご》しに声《こえ》をかけた。

「どういたしました、陛下《へいか》？　何《なに》かお気《き》に召《め》さない点《てん》があるなら直《なお》します。おっしゃってください」

「オー」

ボブは目《め》を輝《かがや》かせた。

ボブの提案《ていあん》で、衛兵《えいへい》たちは黄色《きいろ》い帽子《ぼうし》に黄色《きいろ》のT《ティー》シャツ、青《あお》いデニムのズボンに格好《かっこう》を変《か》えさせられた。まるでミニオンみたいだ。国旗《こっき》も黄色《きいろ》い布《ぬの》に王冠《おうかん》とギョロ目《め》が描《えが》かれたものになった。

「ハハ、仲間《なかま》。仲間《なかま》」

ボブは大喜《おおよろこ》びだ。赤《あか》いマントを引《ひ》きずりながら、衛兵《えいへい》たちの前《まえ》をぴょんぴょん跳《は》ねていった。そのうしろをケビンとスチュアートがぺちゃくちゃしゃべりながらついていく。

「ボブ国王陛下《こくおうへいか》、ばんざーい！」

たくさん詰《つ》めかけた国民《こくみん》の前《まえ》で、ボブは宮殿《きゅうでん》のバルコニーに立《た》った。これから演説《えんぜつ》をするのだ。えへんと咳払《せきばら》いしたあと、マイクに向《む》かって話《はな》した。

「ウラドゥ、ウラドゥ」

けれど、国民《こくみん》はしーんとしている。ミニオン語《ご》がわからないのだ。しかたない。ボブは両手《りょうて》を上《あ》げて叫《さけ》んだ。

「キング・ボーブ！」

たちまち大歓声《だいかんせい》がわきあがった。拍手《はくしゅ》や口笛《くちぶえ》。宮殿《きゅうでん》の中庭《なかにわ》は興奮《こうふん》に包《つつ》まれた。気《き》をよくしたボブは、またミニオン語《ご》で話《はな》した。

「ポドーレラシ、ヨコラバチ……プレパラダ」

再《ふたた》び国民《こくみん》はきょとんとした顔《かお》になった。脇《わき》で聞《き》いていたケビンとスチュアートだけは、ボブの言《い》っていることがわかり、けらけら笑《わら》っている。

「マラトゥテ〜！」

ボブはマイクを握《にぎ》り、声《こえ》を張《は》りあげた。そこで国民《こくみん》の反応《はんのう》に気《き》づいた。

「ボラ？」

ボブは執事《しつじ》を振《ふ》りかえった。そしてもう一度《いちど》国民《こくみん》に向《む》かって
「キング・ボーブ！」

と、叫《さけ》んだ。またもや割《わ》れんばかりの歓声《かんせい》に包《つつ》まれた。

部屋《へや》のドアがあけられた瞬間《しゅんかん》、ボブ、ケビン、スチュアートはまるい目《め》をさらにまるくした。なんと広《ひろ》くて豪華《ごうか》な部屋《へや》！

どこもかしこもキンキラキンで、まぶしく輝《かがや》いている。三人《さんにん》はうれしくて、たちまち駆《か》けだした。

「お待《ま》ちください、陛下《へいか》！」

痩《や》せた執事《しつじ》と太《ふと》った執事《しつじ》があとを追《お》いかけた。

「ヒャホー！」

ボブは赤《あか》いカーペットの敷《し》かれた階段《かいだん》を駆《か》けのぼった。そのあとを痩《や》せた執事《しつじ》が、ぜいぜい言《い》いながら追《お》っていく。が、階段《かいだん》をのぼりきってもボブの姿《すがた》はない。

執事《しつじ》がすごすごと階段《かいだん》をおりていくと、別《べつ》の階段《かいだん》の手《て》すりをボブがすべりおりていくのが見《み》えた。

「陛下《へいか》！」

痩《や》せた執事《しつじ》は、がっくり肩《かた》を落《お》とした。

一方《いっぽう》ケビンは、ポロのユニフォームを着《き》て茶色《ちゃいろ》の犬《いぬ》にまたがっていた。ポロとは、馬《うま》に乗《の》ってスティックで球《たま》を打《う》って相手《あいて》のゴールに運《はこ》ぶゲームだ。ケビンはスティックで思《おも》い切《き》り球《たま》を打《う》った。

「ヤキトリ！」

犬《いぬ》はすぐに球《たま》を追《お》いかけた。そのあとを同《おな》じユニフォーム姿《すがた》の人《ひと》たちが、同《おな》じく犬《いぬ》にまたがり、続《つづ》いていく。宮殿《きゅうでん》の広《ひろ》い部屋《へや》はポロの試合場《しあいじょう》となってしまった。

スチュアートはそっとドアをあけた。ここはなんの部屋《へや》だ？　部屋《へや》の中央《ちゅうおう》にはジャグジーがある。

「オー」

スチュアートはオーバーオールを脱《ぬ》いで、さっそくジャグジーに向《む》かった。

ひととおり遊《あそ》びおえると、ボブは国王《こくおう》としての初仕事《はつしごと》をした。肖像画《しょうぞうが》を描《えが》いてもらうのだ。ボブは絵描《えか》きの前《まえ》で、剣《けん》を持《も》ってポーズを取《と》った。

その横《よこ》では、ジャグジーに浸《つ》かってすっかりいい気分《きぶん》になったスチュアートがウクレレを弾《ひ》いていた。ケビンはスティックで球《たま》を打《う》って、犬《いぬ》に拾《ひろ》わせている。

三人《さんにん》とも、すっかり宮殿《きゅうでん》での暮《く》らしにも慣《な》れた様子《ようす》だ。と、そのとき、荒々《あらあら》しくドアが蹴破《けやぶ》られた。

何事《なにごと》だ？　みんなはいっせいにドアを振《ふ》りかえった。ミニオンたちは、ぎょっとした。ショットガンを手《て》にしたスカーレット・オーバーキルが立《た》っているではないか！

16

スカーレットは大声《おおごえ》で叫《さけ》んだ。

「あんたたち、よくも……」

そのとき、ケビンの打《う》った球《たま》がスカーレットの顔《かお》に当《あ》たった。さらに犬《いぬ》に飛《と》びかかられ、スカーレットはバタッと倒《たお》れた。けれど、それしきでへこたれる女《おんな》ではない。犬《いぬ》を体《からだ》から引《ひ》きはなしてどさりと床《ゆか》に放《ほう》りなげると、スカーレットは脚《あし》を大《おお》きく広《ひろ》げて戸口《とぐち》に立《た》った。鬼《おに》のような顔《かお》で。

ひえ〜。殺気《さっき》を感《かん》じた絵描《えか》きはあわてて逃《に》げていった。

「スカーレット」

ケビンが両手《りょうて》を広《ひろ》げて迎《むか》えた。

「スカーレットなんて呼《よ》ばないで！　このチビの裏切《うらぎ》り者《もの》！」

スカーレットはショットガンを構《かま》えたまま、ずかずかと部屋《へや》に踏《ふ》みこんだ。三人《さんにん》は身《み》を寄《よ》せ合《あ》った。

「ハーブの発明品《はつめいひん》を利用《りよう》して、あたしの王冠《おうかん》を盗《ぬす》んだの？」

スカーレットはケビンの顔《かお》に銃口《じゅうこう》を押《お》しつけた。そのうしろから、夫《おっと》のハーブがあらわれた。すっかりしょげている。

「だまされたなんて、ショックだ」

「よくも、あたしの夢《ゆめ》を盗《ぬす》んだわね！　イギリスを征服《せいふく》するのが夢《ゆめ》だったのに」

スカーレットは悲《かな》しそうにつぶやいた。

「戴冠式《たいかんしき》に出《で》て、女王《じょおう》になるはずだったのに。きちんと計画《けいかく》も立《た》ててたのに。キラキラしたドレスを着《き》て、あたしが女《おんな》だからってバカにしてたやつらを見返《みかえ》してやるつもりだったのに。悔《くや》し涙《なみだ》を流《なが》させてやるはずだったのに」

スカーレットはショットガンをハーブに渡《わた》し、拳《こぶし》を振《ふ》りあげた。

「超上流階級《ちょうじょうりゅうかいきゅう》の優雅《ゆうが》な暮《く》らしを夢見《ゆめみ》てたのに……」

スカーレットは再《ふたた》びショットガンを構《かま》えた。

「あんたたちバカ野郎《やろう》のせいで台《だい》なしじゃない！」

ぶるぶる。三人《さんにん》は震《ふる》えあがった。

今《いま》まで舞《ま》いあがっていて、すっかり忘《わす》れていた。スカーレットのために王冠《おうかん》を盗《ぬす》むはずだったことを。スカーレットはお話《はなし》でなんて言《い》っていたっけ？『失敗《しっぱい》したら地球上《ちきゅうじょう》から消《け》しさる……』

こうなったら王冠《おうかん》をスカーレットに渡《わた》すしかないだろう。ケビンがボブの頭《あたま》から王冠《おうかん》を取《と》り、スカーレットに差《さ》しだした。

「ノーノー。パパラ・トゥ」

ボブも剣《けん》をスカーレットにあげようとした。そのとき、戸口《とぐち》から厳《きび》しい声《こえ》がとんだ。

「それはなりませぬぞ、ボブ陛下《へいか》。王位《おうい》は簡単《かんたん》に譲《ゆず》れるものではありません！」

痩《や》せた執事《しつじ》がボブをいさめると、スカーレットはさっと振《ふ》りむいて戸口《とぐち》に銃口《じゅうこう》を向《む》けた。

執事《しつじ》はあわててドアの陰《かげ》に隠《かく》れ、声《こえ》を震《ふる》わせながら言《い》った。

「その女性《じょせい》に王位《おうい》を譲《ゆず》ることはできません。法律《ほうりつ》で決《き》められているのです！」

「頭《あたま》の固《かた》いこと言《い》うなよ」

ハーブが口《くち》をとがらせた。

「ポウリツ？」

ボブが顔《かお》を上《あ》げた。だったら、そのポウリツとやらを変《か》えればいいんだ！


ここは裁判所《さいばんしょ》。ボブは長《なが》い白髪《しらが》のかつらをかぶり、判事席《はんじせき》に座《すわ》っていた。木槌《きづち》を叩《たた》いて、高《たか》らかに宣言《せんげん》した。

「スカーレット・ポパピル！」

裁判《さいばん》を傍聴《ぼうちょう》していた人々《ひとびと》はざわめいた。取材《しゅざい》に来《き》ていたキャスターがカメラに向《む》かって話《はな》した。

『ボブ国王《こくおう》が正式《せいしき》に法律《ほうりつ》を改定《かいてい》しました。スカーレット・オーバーキルがイギリスの女王《じょおう》になったのです。戴冠式《たいかんしき》はウェストミンスター寺院《じいん》でおこなわれます』

そこでキャスターはカメラに身《み》を乗《の》りだした。

『私《わたし》が礼儀正《れいぎただ》しくなかったら、こう言《い》いたいところです。〃イギリスは、お先真《さきま》っ暗《くら》〃だと。でも私《わたし》は礼儀正《れいぎただ》しいので発言《はつげん》は控《ひか》えますが。けれど真面目《まじめ》に言《い》って、大変《たいへん》なことになりました！』

バッキンガム宮殿《きゅうでん》の正面《しょうめん》には、スカーレットの頭文字《かしらもじ》S《エス》と王冠《おうかん》の描《えが》かれた真《ま》っ赤《か》な国旗《こっき》が掲《かか》げられた。また屋上《おくじょう》でも真《ま》っ赤《か》な旗《はた》がはためいている。

宮殿《きゅうでん》の玄関《げんかん》の前《まえ》では、スカーレットの取材《しゅざい》がおこなわれていた。

「全部《ぜんぶ》の質問《しつもん》に答《こた》える時間《じかん》はないのよ」

大勢《おおぜい》の記者《きしゃ》やカメラマンに囲《かこ》まれ、スカーレットは得意《とくい》げに話《はな》した。

「期待以上《きたいいじょう》の働《はたら》きをしてくれたミニオンたちにお礼《れい》を言《い》わせて」

スカーレットの足《あし》もとにいた三人《さんにん》は、顔《かお》を見合《みあ》わせて笑《わら》った。スカーレットは膝《ひざ》をついて、ミニオンたちを撫《な》でた。

「この三人《さんにん》のおチビさんたち。カプセルみたいな形《かたち》をした奇跡《きせき》のゴールデン坊《ぼう》やたちは、イギリスを盗《ぬす》んだだけじゃなく、あたしのハートも盗《ぬす》んだのよ」

「スカーレット、こっちを向《む》いて！」

女性《じょせい》カメラマンの声《こえ》に、スカーレットは膝《ひざ》をついたまま三人《さんにん》を抱《だ》きかかえ、にかっと笑《わら》った。

「シャナトーバ、お仲間《なかま》」

ケビンが言《い》い、オーバーオールのポケットからカード入《い》れを取《と》りだした。カードは何枚《なんまい》も連《つら》なっていて、それぞれ仲間《なかま》の写真《しゃしん》が中《なか》に入《はい》っている。

「え、何《なに》？　仲間《なかま》なの？」

スカーレットはミニオンたちの数《かず》の多《おお》さに目《め》をまるくしたが、すぐに笑顔《えがお》に戻《もど》った。

「いいわよ。それだけの働《はたら》きをしてくれたんですもの」

「ルカトゥ、ルカトゥ」

やった！　仲間《なかま》も手下《てした》にしてもらえる。三人《さんにん》は大喜《おおよろこ》びだ。ぴょんぴょん跳《は》ね、大声《おおごえ》でうたいながら、スカーレットのあとについて宮殿《きゅうでん》の部屋《へや》をひとつずつ回《まわ》っていった。

やがてスカーレットが床《ゆか》の跳《は》ね扉《とびら》をあけると、地下《ちか》におりる階段《かいだん》があらわれた。

地下《ちか》に着《つ》くと、スカーレットは木《き》の扉《とびら》を開《あ》けた。中《なか》は薄暗《うすぐら》い。

「さあ、どうぞ。中《なか》に入《はい》って」

スカーレットにうながされ、三人《さんにん》は中《なか》に入《はい》った。そのとたん、バタン！　うしろで扉《とびら》が閉《と》じられた。ケビン、スチュアート、ボブの三人《さんにん》は怖々《こわごわ》と部屋《へや》を見《み》た。ギロチン、絞首台《こうしゅだい》、拷問装置《ごうもんそうち》……いったい、この部屋《へや》は？

三人《さんにん》が怯《おび》えていると、扉《とびら》の小窓《こまど》があいて、スカーレットが顔《かお》を見《み》せた。

「悪《わる》く思《おも》わないでね。でも、あんたたちが憎《にく》いの。許《ゆる》そうと思《おも》ったけど、裏切《うらぎ》られた気持《きも》ちは消《け》せない。あたしたち、別《わか》れるべきなのよ。あなたたちが悪《わる》いんじゃないけど……」

スカーレットは横《よこ》を向《む》いて、大《おお》きくため息《いき》をついた。そして、きっとした顔《かお》でミニオンたちをにらんだ。

「いいえ、やっぱりあんたたちのせいよ。100パーセント、あんたたちが悪《わる》いのよ！」

「ノーノー」

ケビンがあわてて言《い》ったが、スカーレットは聞《き》く耳《みみ》を持《も》たなかった。

「くつろいでちょうだい、ミニオンちゃんたち。心《こころ》からくつろいでね。なぜなら死《し》ぬまでここで過《す》ごすことになるんだから。ま、どうせあんたたちなんて、生《い》きる価値《かち》もないけど」

邪悪《じゃあく》な笑《え》みを残《のこ》して、小窓《こまど》が閉《し》まった。

17

ぼくたち、どうなっちゃうんだ？　三人《さんにん》が震《ふる》えていると、背後《はいご》から声《こえ》が響《ひび》いた。

「よーし、始《はじ》めよっか！」

振《ふ》りむくと、男《おとこ》がいた。顔全体《かおぜんたい》がプロレスラーのような黒《くろ》いマスクで覆《おお》われ、目《め》と鼻《はな》と口《くち》だけが出《で》ている。

「ハーブ！」

ケビンがうれしそうに言《い》った。

「そのイケメンのハーブってのは、どいつだ？　ノーノー、おれはブラーブ。この地下牢《ちかろう》の主《ぬし》だ」

ハーブはスコップを振《ふ》りまわしながら、凄《すご》みをきかせた。

「そんじゃ、拷問《ごうもん》を始《はじ》めるぞ」

ひえ〜！　三人《さんにん》は板《いた》に磔《はりつけ》にされた。両手《りょうて》両足《りょうあし》が革《かわ》でくくりつけられている。

「どうだい、気持《きも》ちいいかい？　そんなこたあどうでもいいよな。拷問《ごうもん》なんだから」

ハーブは船《ふね》の舵輪《だりん》のようなものを回《まわ》した。

「わ、わあ！」

くくりつけられている板《いた》の真《ま》ん中《なか》が割《わ》れ、そこから板《いた》が上《うえ》と下《した》に分《わ》かれて伸《の》びた。ボブの伸《の》び縮《ちぢ》み棒《ぼう》のついた脚《あし》がびよーんと伸《の》びた。ケビンは顔《かお》が、スチュアートは手《て》が引《ひ》き伸《の》ばされた。

「オソレミヨ！」

スチュアートが愉快《ゆかい》そうに言《い》った。

思《おも》っていたほど効果《こうか》がなかったので、ハーブががっくりした。

「ふう、思《おも》ってたより難《むずか》しいな。よーし、次《つぎ》に行《い》ってみよう！」

ハーブは三人《さんにん》を高《たか》い台《だい》に載《の》せた。台《だい》の上《うえ》にはさらに高《たか》いところに棒《ぼう》があり、棒《ぼう》の先《さき》にはロープが輪《わ》っかになってぶら下《さ》がっている。

「今度《こんど》はぶらぶらタワーだ。吊《つ》るされるのは、おまえらだ！」

先頭《せんとう》にいるケビンの足《あし》もとの台《だい》が落《お》ち、ケビンはロープに吊《つ》るされた。が、輪《わ》っかから抜《ぬ》け、すとんと床《ゆか》に落《お》ちた。それを見《み》て、残《のこ》りのふたりが笑《わら》った。

「ミー、ミー」

ボブがロープに飛《と》びつき、くるりと体《からだ》を回転《かいてん》させた。

「ヒャッホー！」

ボブが着地《ちゃくち》すると、今度《こんど》はスチュアートがロープに飛《と》びついて遊《あそ》んだ。面白《おもしろ》い！　三人《さんにん》ともキャッキャと大喜《おおよろこ》びだ。ハーブが怒鳴《どな》った。

「おい、よせ！　こんなんじゃ、拷問《ごうもん》になんないだろ？　地下牢《ちかろう》で笑《わら》うのは禁止《きんし》！」

ハーブはみんなを追《お》いかけたが、今度《こんど》は追《お》いかけっこかと思《おも》い、三人《さんにん》ははしゃぎながら逃《に》げまわった。

「おれは涙《なみだ》を見《み》たいんだ。悲鳴《ひめい》を聞《き》きたいんだ。おい、こら待《ま》て！」

ケビンが斧《おの》を見《み》つけて振《ふ》りまわした。ボブは拷問用《ごうもんよう》の車輪《しゃりん》を転《ころ》がしている。スチュアートがくすぐり器《き》を掲《かか》げていると、ハーブが呼《よ》びとめた。

「おっ、いいねえ。それ」

ハーブはくすぐり器《き》をインスタントカメラで撮《と》った。何《なに》か発明《はつめい》のアイデアがひらめいたらしい。

やがてハーブは拷問《ごうもん》を忘《わす》れ、さまざまな拷問器具《ごうもんきぐ》を使《つか》ってミニオンたちと遊《あそ》びだし、それを一枚《いちまい》ずつ写真《しゃしん》に撮《と》っていった。

三人《さんにん》とハーブがはしゃいでいると、マイクからスカーレットの声《こえ》が響《ひび》いてきた。

『ハロー。未来《みらい》の女王《じょおう》の夫《おっと》、ハーブ・オーバーキルに告《つ》ぐ。戴冠式《たいかんしき》の準備《じゅんび》のために上《うえ》に来《き》てちょうだい』

「よし。今日《きょう》はこのへんにしておこう」

ハーブは肩《かた》にかついだ剣《けん》をおろし、顔《かお》からマスクをはぎ取《と》った。

「ところで、おれはハーブだ。最初《さいしょ》っからな」

ドアを閉《し》めたが、もう一度《いちど》ドアをあけ、

「ブラーブなんて男《おとこ》は知《し》らない」

と言《い》い、再《ふたた》びドアを閉《し》めて消《き》えていった。

「アウ、スベタラ」

ケビンがあわててあとを追《お》おうとしたが、ドアがもう一度《いちど》あくことはなかった。またもや暗《くら》い地下牢《ちかろう》に取《と》り残《のこ》され、三人《さんにん》は怯《おび》えた。


「あと数時間《すうじかん》で、あたしがイギリスの女王《じょおう》になるのね」

スカーレットは大《おお》きな鏡《かがみ》の前《まえ》で、赤《あか》いロングドレスを点検《てんけん》している。

支度《したく》を手伝《てつだ》っているのは長髪《ちょうはつ》に腹《はら》のでっぷり突《つ》きでた男《おとこ》で、ファブリースという。ピンクの縁《ふち》のサングラスをかけ、口髭《くちひげ》をはやしている。小指《こゆび》を立《た》てた手《て》つきが妙《みょう》にオネエっぽく、話《はな》し方《かた》も女《おんな》っぽかった。

ファブリースが相槌《あいづち》を打《う》った。

「ええ、わくわくするわね、スカーレット」

「ようやく王冠《おうかん》があたしのものになるんだわ。ずっとあこがれていた王冠《おうかん》が。これで幸《しあわ》せになれるわ」

スカーレットは鏡《かがみ》に映《うつ》る自分《じぶん》の髪形《かみがた》をチェックした。左側《ひだりがわ》でひとつに縛《しば》っている。幼《おさな》い女《おんな》の子《こ》みたいだ。

「ねえ、ファブリース。ひとつ聞《き》いていい？　あたしのヘアスタイル、この絵《え》と同《おな》じだと思《おも》う？」

スカーレットは一枚《いちまい》の紙《かみ》を突《つ》きつけた。それは、髪《かみ》をふたつ結《むす》びにして真《ま》っ赤《か》なドレスを着《き》た女《おんな》の人《ひと》が王冠《おうかん》をかぶっている絵《え》で、子《こ》どもが描《か》いたようなつたないものだった。

「まあ、ミセス・オーバーキル、その絵《え》だと髪《かみ》がくるくるしすぎてるじゃない」

ファブリースは紙《かみ》を手《て》に取《と》って、鼻《はな》で笑《わら》った。スカーレットは紙《かみ》をひったくって声《こえ》を荒《あら》らげた。

「絵《え》にケチつける気《き》？　これはあたしが五歳《ごさい》のときに描《か》いた絵《え》よ！」

幼《おさな》い頃《ころ》から王冠《おうかん》にあこがれていたスカーレットは、いつか自分《じぶん》が女王《じょおう》になる日《ひ》を夢見《ゆめみ》て描《か》いた絵《え》をずっと大事《だいじ》にしていたのだ。その絵《え》を鼻《はな》で笑《わら》うなんて、許《ゆる》せない！

「出《で》ていきなさい！」

たちまちドレスのスカート部分《ぶぶん》の両《りょう》サイドから、銃口《じゅうこう》が四《よっ》つついた四角《しかく》い銃《じゅう》がそれぞれあらわれた。ズドーン！

「ひゃあああ！」

ファブリースは銃《じゅう》に撃《う》たれて吹《ふ》っとばされ、宮殿《きゅうでん》の窓《まど》から落《お》ちていった。

もうもうと立《た》ちこめる煙《けむり》の中《なか》で、ハーブが窓《まど》にぽっかりあいた穴《あな》を見《み》つめた。

「バイバイ、ファブリース。いいやつだったのにな」

18

「ところで、ドレスの感想《かんそう》は？」

ハーブはスカーレットに声《こえ》をかけた。ハーブ自慢《じまん》の特製品《とくせいひん》だ。美《うつく》しいだけでなく、武器《ぶき》も仕込《しこ》んである。

「とっても素敵《すてき》よ。とってもモダンだし、まるで有名《ゆうめい》デザイナーの作品《さくひん》みたい」

スカーレットは鏡《かがみ》の前《まえ》でポーズを取《と》った。

ドレスは上半身《じょうはんしん》が真《ま》っ赤《か》で、黒《くろ》い大《おお》きな襟《えり》が立《た》っている。ウエスト部分《ぶぶん》を絞《しぼ》り、袖《そで》が大《おお》きくふくらんだデザインだ。スカートの部分《ぶぶん》は黒《くろ》に白《しろ》の幾何学模様《きかがくもよう》で、赤《あか》いバラの花《はな》がたくさん散《ち》らしてある。全体《ぜんたい》にトレードカラーである赤《あか》と黒《くろ》が使《つか》われ、まさにスカーレットのためのドレスだった。

スカーレットは、くるりと振《ふ》りむいて、ハーブの顎《あご》に片手《かたて》をかけた。ハーブは自分《じぶん》が作《つく》ったドレスの説明《せつめい》をした。

「ハート形《がた》の胸《むな》もとは、おれの愛情《あいじょう》のしるし。高《たか》い襟《えり》と絞《しぼ》ったウエストは、シンプルで、それでいて暴力的《ぼうりょくてき》な香《かお》りを漂《ただよ》わせている。生地《きじ》は高級織物《こうきゅうおりもの》と高密度《こうみつど》の防弾素材《ぼうだんそざい》のミックス。武装《ぶそう》は完璧《かんぺき》」

ハーブは膝《ひざ》をついてドレスのスカートから、二本《にほん》の試験管《しけんかん》がセットになった武器《ぶき》を引《ひ》きだした。

「そしてこの輝《かがや》く試験管《しけんかん》には、核爆弾《かくばくだん》が仕込《しこ》んである」

「素敵《すてき》」

スカーレットはうっとりと言《い》った。

「じゃあ、仕上《しあ》げといきましょう。もっと魅力的《みりょくてき》に見《み》せるために……やってくれる？」

スカーレットはハーブに背中《せなか》を向《む》けた。

「喜《よろこ》んで」

ハーブは厳《おごそ》かに言《い》うと、スカーレットのドレスの背中《せなか》の紐《ひも》に手《て》をかけた。背中《せなか》から腰《こし》にかけて左右《さゆう》に開《ひら》いていて、黒《くろ》い紐《ひも》をバッテンに締《し》めるデザインになっている。ハーブは両《りょう》手《て》で紐《ひも》の左右《さゆう》を持《も》ち、ぎゅっと締《し》めあげた。

「うう……もっと締《し》めて大丈夫《だいじょうぶ》よ……う……ウエストはやっぱり細《ほそ》くないとね」

スカーレットが前《まえ》かがみになると、ハーブは彼女《かのじょ》の背中《せなか》に飛《と》びのり、懸命《けんめい》に紐《ひも》を締《し》めた。

「ああ、なんだか目《め》がちかちかしてきた……」

スカーレットはうめいた。

地下牢《ちかろう》に取《と》りのこされた三人《さんにん》のミニオンは、途方《とほう》に暮《く》れていた。どうしたら、ここから出《で》られるだろう？　一生出《いっしょうで》られなかったら、どうしよう？

「あ〜サラビダ……」

ケビンはとぼとぼ床《ゆか》を歩《ある》いた。

床《ゆか》の一画《いっかく》に、格子《こうし》になった部分《ぶぶん》がある。ケビンがその上《うえ》を歩《ある》いたとき、爪先《つまさき》に当《あ》たった金属《きんぞく》の破片《はへん》が格子《こうし》から下《した》に落《お》ちた。ポチャッと水《みず》の跳《は》ねる音《おと》がした。

ケビンは、はっとひらめいた。ここから出《で》られるかも！

「ハイパテ！」

さっそく仲間《なかま》を呼《よ》びよせ、格子《こうし》をはずす作業《さぎょう》に取《と》りかかった。よいしょ、よいしょ。格《こう》子《し》がはずれた。

松明《たいまつ》を持《も》ったケビンを先頭《せんとう》に、三人《さんにん》は地下道《ちかどう》を歩《ある》いた。途中《とちゅう》に梯子《はしご》があった。

「スパラ」

よし、これをのぼっていこう。ケビンに続《つづ》いて、スチュアート、ボブの順《じゅん》で梯子《はしご》をのぼった。

頭《あたま》の上《うえ》の板《いた》を押《お》しのけて地上《ちじょう》に出《で》ると、そこは葬儀場《そうぎじょう》だった。棺《ひつぎ》の両脇《りょうわき》で喪服姿《もふくすがた》の人《ひと》たちが泣《な》いている。棺《ひつぎ》の足《あし》もとには花輪《はなわ》があった。

ま、まずい。三人《さんにん》はあわてて地下道《ちかどう》に戻《もど》った。

「ケ、ケビン！」

最後《さいご》に梯子《はしご》をおりたボブが手《て》に何《なに》か持《も》っている。葬儀場《そうぎじょう》にあった花輪《はなわ》で、真《ま》ん中《なか》の紙《かみ》に『あなたを失《うしな》って残念《ざんねん》です』と書《か》かれている。

ケビンはいいことを思《おも》いついた。オーバーオールから赤《あか》いマジックを取《と》りだし、『あなた』の部分《ぶぶん》に線《せん》を引《ひ》いて消《け》し、『スカーレット』と書《か》きかえた。

地下道《ちかどう》を進《すす》んでいくと、また別《べつ》の梯子《はしご》があらわれた。壁《かべ》に〝アビイ・ロード〟と書《か》かれたプレートがついている。三人《さんにん》は梯子《はしご》をのぼり、頭《あたま》でマンホールの蓋《ふた》を押《お》しあげた。そこは道路《どうろ》のど真《ま》ん中《なか》だった。

ミニオンたちがマンホールから顔《かお》だけ出《だ》してきょろきょろしていると、横断歩道《おうだんほどう》を歩《ある》いていた4人《にん》の男《おとこ》たちから次々《つぎつぎ》と蓋《ふた》を踏《ふ》まれ、地下道《ちかどう》に逆戻《ぎゃくもど》りしてしまった。

さて、こちらは戴冠式《たいかんしき》がおこなわれるウェストミンスター寺院《じいん》。

国会議事堂《こっかいぎじどう》の隣《となり》にあるこの寺院《じいん》は、戴冠式《たいかんしき》などの王室行事《おうしつぎょうじ》がおこなわれる場所《ばしょ》で、中《なか》には歴代《れきだい》の王《おう》や女王《じょおう》、作家《さっか》や学者《がくしゃ》、政治家《せいじか》など多《おお》くの有名人《ゆうめいじん》が埋葬《まいそう》されていることでも有名《ゆうめい》だ。

ファンファーレが鳴《な》りひびく中《なか》、黒塗《くろぬ》りの車《くるま》二台《にだい》に先導《せんどう》され、一頭立《いっとうだ》ての馬車《ばしゃ》が道《みち》を通《とお》っていく。沿道《えんどう》には新《あたら》しい女王《じょおう》をひと目見《めみ》ようと、人《ひと》がぎっしり詰《つ》めかけていた。

「女王《じょおう》のお手振《てふ》りよ！　みんな見《み》て！」

スカーレットは有頂天《うちょうてん》で、馬車《ばしゃ》から手《て》を振《ふ》った。座席《ざせき》の横《よこ》ではハーブがふんぞり返《かえ》って座席《ざせき》の背《せ》にもたれ、にんまり笑《わら》っていた。

寺院《じいん》に到着《とうちゃく》すると、大《おお》きなドアが左右《さゆう》から開《あ》けられた。スカーレットはハーブに腕《うで》を取《と》られ、オルガンの音《おと》に合《あ》わせて中《なか》を進《すす》んだ。

寺院《じいん》には、大悪党大会《だいあくとうたいかい》に出席《しゅっせき》した悪者《わるもの》たちも勢《せい》ぞろいしていた。自分《じぶん》たちの仲間《なかま》がイギリス女王《じょおう》になる！　その栄光《えいこう》の瞬間《しゅんかん》をどうしても目《め》にせずにはいられなかった。オーランドまでミニオンたちを乗《の》せていったネルソン一家《いっか》の顔《かお》も見《み》える。

「とってもドキドキする。完璧《かんぺき》よ！　みんなとってもうれしそう」

スカーレットはまるで雲《くも》の上《うえ》を歩《ある》いているような心地《ここち》だった。

「音楽《おんがく》も素敵《すてき》。誰《だれ》がオルガンを弾《ひ》いているのかしら？　とっても上手《じょうず》」

やがてふたりは、玉座《ぎょくざ》に近《ちか》づいた。玉座《ぎょくざ》の横《よこ》では、大主教《だいしゅきょう》が待《ま》っている。大主教《だいしゅきょう》は白《しろ》いマントを羽織《はお》り、王冠《おうかん》の載《の》った赤《あか》いクッションを捧《ささ》げ持《も》っていた。新《あたら》しい女王《じょおう》にかぶせられる王冠《おうかん》だ。

ハーブはなれなれしく、大主教《だいしゅきょう》の肩《かた》に腕《うで》を回《まわ》した。

「大主教《だいしゅきょう》、ありがとさん。おれ、あんたのファンなんだ」

なんと無礼《ぶれい》な！　大主教《だいしゅきょう》は呆気《あっけ》に取《と》られた。大主教《だいしゅきょう》はイギリス国教会《こっきょうかい》では一番偉《いちばんえら》い人《ひと》なのだ。

「あたしにも触《さわ》らせて」

スカーレットは大主教《だいしゅきょう》の頰《ほお》を指《ゆび》でつまんだ。

「まあ、とってもプニュプニュしてるのね」

やれやれ、こんな女《おんな》がイギリスの女王《じょおう》になるとは。大主教《だいしゅきょう》は心《こころ》の中《なか》で嘆《なげ》いた。

ミニオンたち三人《さんにん》はやっと地下道《ちかどう》から地上《ちじょう》に出《で》ることができた。そこはウェストミンスター寺院《じいん》の前《まえ》だった。

「デパストーレ、ゴーゴー！」

ケビンが先頭《せんとう》に立《た》って寺院《じいん》に向《む》かった。スチュアート、花輪《はなわ》を頭《あたま》に載《の》せたボブがあとに続《つづ》く。ボブは左手《ひだりて》にクマのヌイグルミのティムを抱《だ》き、右手《みぎて》には地下道《ちかどう》で知《し》り合《あ》ったネズミを抱《だ》いている。

ケビンはドアを押《お》しあけようとしたが、レスラーのような大男《おおおとこ》ふたりがドアの内側《うちがわ》に立《た》っているため、びくともしない。次《つぎ》にスチュアートが頭突《ずつ》きしたが、あっけなく撃沈《げきちん》した。

「ネラバラ」

ケビンはふたりを連《つ》れ、別《べつ》の入《い》り口《ぐち》に向《む》かおうとした。

「チーは？」

ネズミはどうするの？　ボブは尋《たず》ねた。ケビンはそっけなく答《こた》えた。

「チー、サヨナラ。カミイ」

ネズミは置《お》いていけ、ということだ。そんな……ボブはネズミをじっと見《み》つめた。せっかく仲《なか》よくなれたのに、さよならなんて。

ボブは姿勢《しせい》を正《ただ》してネズミに向《む》きあうと、「蛍《ほたる》の光《ひかり》」をうたいはじめた。そしてネズミと握手《あくしゅ》を交《か》わし、そのまま抱《だ》き寄《よ》せて頬《ほお》ずりした。

「ボブ、カミイ！」

そんなボブをケビンは強引《ごういん》に引《ひ》っぱっていった。

19

三人《さんにん》は寺院《じいん》の石《いし》の壁《かべ》をのぼっていった。ケビン、スチュアート、ボブの順《じゅん》だ。ボブは頭《あたま》に花輪《はなわ》を載《の》せ、オーバーオールのポケットにヌイグルミのティムを入《い》れ、スチュアートのオーバーオールにぶら下《さ》がっている。やがて寺院《じいん》の窓《まど》に着《つ》いた。

ケビンは窓枠《まどわく》をとことこ歩《ある》いて寺院《じいん》の中《なか》に入《はい》った。目《め》の前《まえ》に大《おお》きなシャンデリアがある。その真下《ました》では、まさに戴冠式《たいかんしき》の真《ま》っ最中《さいちゅう》だった。

「カミイ、カミイ」

ケビンはふたりを呼《よ》んだ。その頃《ころ》スチュアートとボブはまだ窓《まど》の外《そと》にいて、虫《むし》と格闘中《かくとうちゅう》だった。虫《むし》がボブにつきまとって離《はな》れないのだ。

ブ〜ン！　虫《むし》に追《お》いかけられ、ふたりはあわてて寺院《じいん》の中《なか》に入《はい》り、シャンデリアに飛《と》び

のった。

虫《むし》はまだ追《お》ってくる。スチュアートとボブは円形《えんけい》のシャンデリアの上《うえ》を走《はし》りまわった。

ふたりの重《おも》みで、シャンデリアを吊《つ》るしているコードがしだいに切《き》れそうになっていることに、ケビンが気《き》づいた。

このままでは危《あぶ》ない！　ケビンは天井《てんじょう》から窓枠《まどわく》に伸《の》びているロープにぶら下《さ》がり、両手《りょうて》両足《りょうあし》を使《つか》ってつたっていった。

「カミイ、カミイ」

ケビンが伸《の》ばした手《て》をスチュアートがつかんだ。スチュアートはボブに手《て》を伸《の》ばした。

ケビンはふたりを引《ひ》きあげようとした。

シャンデリアの下《した》では、大主教《だいしゅきょう》が戴冠式《たいかんしき》の言葉《ことば》を読《よ》みあげている。

「汝《なんじ》、スカーレットは、法《ほう》と正義《せいぎ》の……」

いよいよ王冠《おうかん》をかぶるときが来《き》たわ。あたしが女王《じょおう》になるときが！

スカーレットは興奮《こうふん》で胸《むね》がはち切《き》れそうだった。そのときふと、目《め》の端《はし》に何《なに》かが映《うつ》った。

顔《かお》を上《あ》げた。

「ケビン！」

スカーレットは唇《くちびる》をゆがめた。地下牢《ちかろう》にいるはずなのに、なんでここに？　しかもシャンデリアの上《うえ》で何《なに》をしているの？

スカーレットと目《め》が合《あ》うと、ケビンはロープにぶら下《さ》がったまま、笑《わら》った。

「へへ」

ケビンがスチュアートとボブを引《ひ》きあげた瞬間《しゅんかん》、ついにシャンデリアを吊《つ》るしていたコードが切《き》れて、シャンデリアはまっすぐ落《お》ちていった。スカーレットの真上《まうえ》に。

ガッシャーン！　床《ゆか》に落《お》ちた瞬間《しゅんかん》、シャンデリアは大《おお》きな音《おと》を立《た》てた。

「スカーレット、大丈夫《だいじょうぶ》か？」

ハーブがシャンデリアに駆《か》けよった。

寺院《じいん》にいた人々《ひとびと》は、あまりのことに言葉《ことば》を失《うしな》い、息《いき》を呑《の》んだ。こんな大《おお》きなシャンデリアの下敷《したじ》きになって、助《たす》かるはずがない。

「カミイ、カミイ」

床《ゆか》に下《お》りたケビンたちは、騒《さわ》ぎのどさくさにまぎれて、玄関《げんかん》から逃《に》げようとした。

「誰《だれ》か、手《て》を貸《か》してくれ」

ハーブが呼《よ》びかけると、大男《おおおとこ》の悪党《あくとう》たちがのしのしと近《ちか》づいてきた。

「せーの！」

みんなでシャンデリアを持《も》ちあげようとしたそのときだった。シャンデリアを突《つ》きやぶり、スカーレットが空中《くうちゅう》に飛《と》びあがった。ドレスの裾《すそ》にジェット噴射《ふんしゃ》がついているのだ。

「スカーレット、無事《ぶじ》でよかった！」

ハーブの安心《あんしん》したような声《こえ》も、怒《いか》りに燃《も》えるスカーレットの耳《みみ》には届《とど》かない。

「よくもあたしを殺《ころ》そうとしたわね」

スカーレットは、人々《ひとびと》の中《なか》にいるケビンに指《ゆび》を突《つ》きつけた。

「ノーノー」

ケビンは否定《ひてい》したが、無駄《むだ》だった。

「もう戴冠式《たいかんしき》は終《お》わりよ。悪党《あくとう》ども、処刑《しょけい》よ。あいつらを捕《つか》まえて！」

逃《に》げろ！　ミニオンたちはあわてて駆《か》けだした。あとを悪党《あくとう》たちが追《お》いかける。その様子《ようす》を、ネルソン一家《いっか》ははらはらして見《み》ていた。

「うまく逃《に》げてくれ」

ネルソン家《け》の主人《しゅじん》、ウォルターは祈《いの》るような気持《きも》ちだった。戴冠式《たいかんしき》が台《だい》なしになったのは残念《ざんねん》だが、縁《えん》あって知《し》り合《あ》ったミニオンたちだ。無事《ぶじ》でいてほしかった。

寺院《じいん》の壁《かべ》は美《うつく》しいステンドグラスになっている。三人《さんにん》はそのステンドグラスを破《やぶ》って、外《そと》に飛《と》びだした。

いつの間《ま》にか薄暗《うすぐら》くなった街《まち》の中《なか》を、ミニオンたちは必死《ひっし》に逃《に》げた。空《そら》は稲妻《いなずま》が光《ひか》り、雨粒《あまつぶ》が落《お》ちてきた。いかにも不穏《ふおん》な雰囲気《ふんいき》だ。

ひとりの悪党《あくとう》が、大《おお》きな鋼鉄《こうてつ》のボールを投《な》げた。全体《ぜんたい》からハリネズミのように鋼鉄《こうてつ》の棘《とげ》が突《つ》きでている。当《あ》たったら大変《たいへん》だ。

「ひゃああ！」

ミニオンたちは道路脇《どうろわき》の電話《でんわ》ボックスの中《なか》に逃《に》げこんだ。

ふう、ひと安心《あんしん》。と思《おも》ったのもつかの間《ま》、頭上《ずじょう》からグイーングイーンと何《なに》やら怪《あや》しい音《おと》が……。

顔《かお》を上《あ》げると、見《み》るからに凶悪《きょうあく》そうな面構《つらがま》えの男《おとこ》が電話《でんわ》ボックスの中《なか》にいて、チェーンソーのエンジンを始動《しどう》させているではないか。

「あわわわ！」

三人《さんにん》は電話《でんわ》ボックスから飛《と》びだした。

行《ゆ》く手《て》に今度《こんど》は鞭使《むちづか》いの男《おとこ》があらわれ、長《なが》い鞭《むち》をミニオンたち目《め》がけて振《ふ》った。鞭《むち》の先《さき》が道路脇《どうろわき》の電燈《でんとう》に巻《ま》きついて、道《みち》の端《はし》から端《はし》までピーンと伸《の》びた。

背《せ》の低《ひく》いボブは、楽々《らくらく》と鞭《むち》の下《した》をくぐり抜《ぬ》けた。スチュアートはケビンのために鞭《むち》を持《も》ちあげてやった。ケビンが通《とお》りすぎると、スチュアートは鞭《むち》をビヨーンと思《おも》いきり引《ひ》っぱってから、手《て》を離《はな》した。

追《お》いかけてきた悪党《あくとう》たちは鞭《むち》に引《ひ》っかかり、次々《つぎつぎ》に道路《どうろ》に倒《たお》れこんだ。

ふう、助《たす》かった。しだいに激《はげ》しくなってきた雨《あめ》の中《なか》、三人《さんにん》は顔《かお》を見合《みあ》わせて笑《わら》った。と、地面《じめん》から巨大《きょだい》なドリルが突《つ》きでてきて、三人《さんにん》は吹《ふ》っ飛《と》ばされた。ケビンから離《はな》れたところに飛《と》ばされたボブとスチュアートがさけぶ。

「ケビーン！」

ケビンがふたりを助《たす》けに行《い》こうとすると、大男《おおおとこ》が正面《しょうめん》からあらわれた。

「逃《に》がさないぞ！」

大男《おおおとこ》はまっすぐケビンに向《む》かっていく。ボブとスチュアートはケビンを置《お》いて逃《に》げだした。そのあとを巨大《きょだい》なピエロが一輪車《いちりんしゃ》に乗《の》って追《お》いかけてきた。

「ヒッヒッ！」

ピエロは不気味《ぶきみ》に笑《わら》いながら、ふたりのすぐうしろまで迫《せま》った。道《みち》の曲《ま》がり角《かど》まで来《く》ると、スチュアートとボブは左右《さゆう》に分《わ》かれた。左《ひだり》に逃《に》げたスチュアートは、数歩《すうほ》も行《い》かないうちに何《なに》か柔《やわ》らかなものにぶち当《あ》たった。スモウレスラーの腹《はら》だった。

「一匹捕《いっぴきつか》まえたぞ」

スモウレスラーのデュモウ・ザ・スモウが、スチュアートを乗《の》せたまま得意《とくい》げに腹《はら》を揺《ゆ》すった。

その頃《ころ》ケビンは、大《おお》きな剣《けん》を持《も》った大男《おおおとこ》に追《お》いかけられていた。大男《おおおとこ》が剣《けん》を振《ふ》りかぶる。ケビンは街灯《がいとう》の周《まわ》りをぐるぐる回《まわ》った。

うー、目《め》が回《まわ》る！　大男《おおおとこ》は頭《あたま》がくらくらしてきて、剣《けん》の目標《もくひょう》がくるった。ズバッと斬《き》りつけたのは、ケビンではなく、街灯《がいとう》の土台《どだい》だった。街灯《がいとう》の柱《はしら》が傾《かたむ》き……ガシャン！　ライトが頭《あたま》に落《お》ちて、大男《おおおとこ》はその場《ば》に伸《の》びた。

一方《いっぽう》ボブは路地《ろじ》に逃《に》げこみ、よいしょよいしょと塀《へい》をよじのぼって、向《む》こう側《がわ》に飛《と》びおりた。

「ティム」

オーバーオールのポケットの中《なか》のクマのヌイグルミが無事《ぶじ》だと確認《かくにん》して、ほっとひと息《いき》ついた。

背後《はいご》からビチャビチャ水《みず》の音《おと》がする。振《ふ》りむくと、池《いけ》から何《なに》かが顔《かお》を出《だ》している。半魚《はんぎょ》人《じん》のフランキーだ。人間《にんげん》の姿《すがた》をしているが、体《からだ》じゅうウロコに覆《おお》われている。

「オウオウ」

ボブは半魚人《はんぎょじん》の頭《あたま》をぴしゃぴしゃ叩《たた》いて池《いけ》に沈《しず》めようとした。すると、

「ガオー！」

池《いけ》の中《なか》からがばっと半魚人《はんぎょじん》が飛《と》びだしてきた。ボブはあわてて逃《に》げようとしたが、半魚《はんぎょ》人《じん》の長《なが》い両腕《りょううで》につかまれ、池《いけ》の中《なか》に引《ひ》きずりこまれてしまった。


ひとりだけ逃《のが》れたケビンは、夜道《よみち》を歩《ある》いていた。

「スチュワート、ボブ」

ふたりともどこに行《い》ったんだ？

「バディ？」

ケビンは当《あ》てもなく、あちこち捜《さが》した。

20

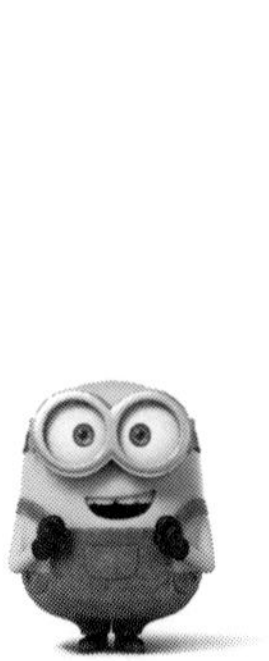

ロンドンの地下鉄駅《ちかてつえき》では、客《きゃく》たちが列車《れっしゃ》の到着《とうちゃく》を待《ま》っていた。やがて列車《れっしゃ》がホームに滑《すべ》りこんできた。駅員《えきいん》のアナウンスが流《なが》れた。

「足《あし》もとにご注意《ちゅうい》ください」

列車《れっしゃ》のドアが開《ひら》いた瞬間《しゅんかん》、ホームにいた客《きゃく》たちは目《め》をまるくした。防寒着姿《ぼうかんぎすがた》の黄色《きいろ》く小《ちい》さな生《い》き物《もの》が、列車《れっしゃ》のドアから塊《かたまり》になっておりてくる。ミニオンたちだ。とうとうロンドンに到着《とうちゃく》したのだ。

ケビンは、一軒《いっけん》の建物《たてもの》に入《はい》った。中《なか》はがやがや騒々《そうぞう》しかった。そこはイギリスの酒場《さかば》、パブだ。ひとりの中年《ちゅうねん》の女《おんな》の人《ひと》がカウンターに寄《よ》りかかり、陽気《ようき》に笑《わら》っている。

「こういうジョークはどう？」

女《おんな》の人《ひと》が言《い》った。

「なぜ女王《じょおう》は歯医者《はいしゃ》に行《い》ったのか？　それは歯《は》に冠《かんむり》をかぶせるため！」

そばにいた客《きゃく》たちが、いっせいにゲラゲラ笑《わら》った。その女《おんな》の人《ひと》は誰《だれ》あろう、元女王《もとじょおう》のエリザベスだ。ボブに王冠《おうかん》を譲《ゆず》って退位《たいい》した今《いま》は、パブで一杯《いっぱい》やるのが楽《たの》しみだった。

「いいぞ、エリザベス！」

客《きゃく》のひとりが声《こえ》をかけた。

「ベロー」

ケビンが声《こえ》をかけると、エリザベスはすぐに気《き》づいた。

「あら、あなたは」

エリザベスはビールの大《だい》ジョッキを手《て》にしたまま、声《こえ》を張《は》りあげた。

「みんな。この子《こ》は、私《わたし》から王冠《おうかん》を奪《うば》ったチビの仲間《なかま》よ。その後《ご》どう？　うまくいってるの？」

「スカーレット、トラブル」

ケビンは説明《せつめい》しようとした。

「知《し》ってるわ。騒動《そうどう》はテレビで見《み》たから」

「テレビ？」

ケビンは店《みせ》のテレビに目《め》をやった。

『スカーレット・オーバーキルの戴冠式《たいかんしき》が大変《たいへん》なことになりました』

キャスターが今日《きょう》の戴冠式《たいかんしき》について話《はな》していると、突然何者《とつぜんなにもの》かに殴《なぐ》られ、気絶《きぜつ》した。テレビの画面《がめん》にスカーレットが大写《おおうつ》しになった。

『ケビン、ケビン。これを見《み》てるんでしょ？　わかってるわ。うまく逃《に》げおおせたつもり？　ふふ、ここに誰《だれ》がいると思《おも》う？』

スカーレットは両手《りょうて》を上《あ》げた。右手《みぎて》にボブ、左手《ひだりて》にスチュアートを握《にぎ》っている。どちらも、口《くち》に黒《くろ》いガムテープを貼《は》られている。

「ボブ、スチュアート！」

ケビンは息《いき》を呑《の》んだ。

『どっちから先《さき》に殺《ころ》そうかしら？　おチビのボブ？　スチュアート？　あんたが夜明《よあ》けまでに戻《もど》らなかったら、殺《ころ》すからね！』

ブツッ。テレビの画面《がめん》が消《き》えた。

「まあ、大変《たいへん》」

エリザベスが口《くち》に手《て》を当《あ》てた。

「ノーノー！」

ケビンはパブから飛《と》びだした。


ケビンが夜《よる》の街《まち》を走《はし》っていると、悪党《あくとう》どもの一団《いちだん》が自分《じぶん》を捜《さが》していた。危《あぶ》ない！　ケビンはあわてて建物《たてもの》の陰《かげ》に隠《かく》れた。ふうっ、助《たす》かった。再《ふたた》び道《みち》に戻《もど》って駆《か》けだした。

目指《めざ》すはロンドン郊外《こうがい》にあるスカーレットの屋敷《やしき》だ。そこで武器《ぶき》を仕入《しい》れるつもりだった。やがて夜《よる》の闇《やみ》が薄《うす》れる頃《ころ》、遠《とお》くにスカーレットの屋敷《やしき》が見《み》えてきた。よし、もうひと息《いき》。必死《ひっし》に走《はし》るケビンのうしろ姿《すがた》をデュモウ・ザ・スモウが見《み》つけた。

「おい、いたぞ」

スモウレスラーは仲間《なかま》に呼《よ》びかけた。


屋敷《やしき》に着《つ》くと、ケビンは通風孔《つうふうこう》から中《なか》に入《はい》り、ハーブの研究室《けんきゅうしつ》に向《む》かった。そして溶岩《ようがん》を噴《ふ》きだす銃《じゅう》、さまざまなナイフなどの武器《ぶき》を仕入《しい》れた。

武器《ぶき》を手《て》にした自分《じぶん》を鏡《かがみ》で見《み》てうっとりしていると、屋敷《やしき》のドアに何《なに》かがぶつかる音《おと》がした。悪党《あくとう》どもの一団《いちだん》がドアを蹴破《けやぶ》ろうとしているのだ。

ガッシーン！　ドアが開《あ》き、悪党《あくとう》どもが屋敷《やしき》になだれ込《こ》んできた。ケビンはあわてて逃《に》げようとした。が、転《ころ》んでしまった。ころころ転《ころ》がったまま、赤《あか》いドームの中《なか》に入《はい》った。

それは以前《いぜん》ハーブが、まだ開発中《かいはつちゅう》だと言《い》っていたドームだ。

ハーブの研究室《けんきゅうしつ》のドアをあけようと、悪党《あくとう》たちがドアに体当《たいあ》たりしている。焦《あせ》ってあとずさった拍子《ひょうし》に、ケビンの背中《せなか》がドームの壁《かべ》にあったボタンを押《お》した。そこには、こんな張《は》り紙《がみ》がしてある。『ボタンを押《お》すな』。

「タ〜！」

押《お》しちゃった、大変《たいへん》だ！　ケビンはあわててボタンから離《はな》れた。その勢《いきお》いでドームの別《べつ》の壁《かべ》にあったスイッチに肘《ひじ》が当《あ》たり、スイッチを入《い》れてしまった。そこには『スイッチを入《い》れるな』という貼《は》り紙《がみ》が。

「タワワ！」

早《はや》くこのドームから出《で》なくちゃ！　ケビンはさらに別《べつ》の壁《かべ》にぶつかり、壁《かべ》から突《つ》きでていたレバーを両手《りょうて》で引《ひ》いてしまった。『レバーを引《ひ》くな』という貼《は》り紙《がみ》があったのに……。

どうしよう！　何《なに》が起《お》こるんだ？　息《いき》をつめてじっと待《ま》った。が、何《なに》も変化《へんか》はない。なーんだ、よかった。ケビンは近《ちか》くにあった装置《そうち》にもたれ、やれやれとため息《いき》をついた。すると、ピー！　ピー！　装置《そうち》が作動《さどう》しだした。アナウンスが流《なが》れた。

『究極兵器作動開始《きゅうきょくへいきさどうかいし》。三《さん》、二《に》、……』

研究室《けんきゅうしつ》のドアがあき、悪党《あくとう》たちがどっと入《はい》ってきた。ケビンのいる赤《あか》いドームはガラスのドアが閉《し》まり、光《ひかり》を放《はな》っている。

『……一《いち》』

悪党《あくとう》たちはぎょっとして、その場《ば》に立《た》ちすくんだ。

ずんずんとドームが大《おお》きくなっていき、割《わ》れた。破片《はへん》があたりに飛《と》びちる。

スカーレットの屋敷《やしき》の屋根《やね》や壁《かべ》にひびが入《はい》り、揺《ゆ》れながら崩《くず》れていった。窓《まど》もひとつ残《のこ》らずガラスが割《わ》れた。やがて壁《かべ》を突《つ》きやぶって黄色《きいろ》の巨大《きょだい》な手《て》が出《で》てきた。屋根《やね》からは、ゴーグルをかけた巨大《きょだい》な黄色《きいろ》の頭《あたま》が突《つ》きでて……。

スカーレットの屋敷《やしき》は跡《あと》かたもなく崩《くず》れ去《さ》った。そして廃墟《はいきょ》からむっくりと起《お》きあがったのは、巨大《きょだい》なケビンだった。大男《おおおとこ》どもの十倍《じゅうばい》以上《いじょう》はありそうだ。

ケビンは自分《じぶん》の足《あし》もとにいる悪党《あくとう》たちに声《こえ》をかけた。

「ベロー！」

ひえ〜！　悪党《あくとう》どもは一目散《いちもくさん》に逃《に》げだした。

21

ボブとスチュアートは、ダイナマイトの山《やま》の上《うえ》に置《お》かれた樽《たる》にくくりつけられていた。

「とうとう終《お》わりのときが来《き》たわね、坊《ぼう》やたち」

スカーレットが邪悪《じゃあく》な笑《え》みを浮《う》かべ、語《かた》りかけた。

「あなたのクマはもらうわ」

スカーレットはボブのマスコットのティムを手《て》に持《も》っている。

「ティム！」

ボブはあえいだ。

「だって、もう必要《ひつよう》ないでしょ？　あの世《よ》に行《い》くんだから」

ハーブのライターで導火線《どうかせん》に火《ひ》をつけると、スカーレットはティムをボブに向《む》けて振《ふ》っ

た。

「ほら、ボブにバイバイしなさい」

その頃《ころ》ケビンは、巨大《きょだい》な体《からだ》で建物《たてもの》のあいだをすり抜《ぬ》け、仲間《なかま》を助《たす》けに行《い》こうとしていた。どすん、どすん。周囲《しゅうい》を揺《ゆ》らし、道行《みちゆ》く車《くるま》をひっくり返《かえ》しながら。

シュルル……導火線《どうかせん》が見《み》る見《み》るうちに短《みじか》くなっていく。もうダメだ。死《し》んじゃう！　スチュアートとボブは悲鳴《ひめい》をあげた。

と、そのとき、巨大《きょだい》な足《あし》がダイナマイトの山《やま》を蹴《け》とばした。ケビンだ！　ケビンが助《たす》けに来《き》たのだ！

「ハッハッ！」

ケビンは樽《たる》ごとスチュアートとボブをすくいあげた。ケビンは導火線《どうかせん》の火《ひ》を吹《ふ》き消《け》そうと、ふうふう息《いき》を吹《ふ》きかけた。それでも消《き》えそうにないので、路上《ろじょう》の消火栓《しょうかせん》をひねり、導《どう》火線《かせん》に水《みず》をかけた。ジュー！　たちまち火《ひ》は消《き》えた。

「どういうこと？」

いつまで待《ま》ってもダイナマイトが大爆発《だいばくはつ》しないため、スカーレットとハーブは、隠《かく》れていた物陰《ものかげ》から顔《かお》を出《だ》した。

巨大《きょだい》なケビンを見《み》て、スカーレットの怒《いか》りが頂点《ちょうてん》に達《たっ》した。おのれ！

「クマを持《も》ってて」

スカーレットはハーブにティムを渡《わた》すと、物陰《ものかげ》から飛《と》びだした。

えいっ！　スカーレットが両手《りょうて》を振《ふ》ると、ドレスのスカートが鋼鉄《こうてつ》で覆《おお》われ、正面《しょうめん》にスカーレットの頭文字《かしらもじ》、S《エス》の大《おお》きな文字《もじ》があらわれた。裾《すそ》についたジェット噴射《ふんしゃ》で、スカーレットは空《そら》に舞《ま》いあがった。

ふう、助《たす》かった。ケビンの大《おお》きな手《て》の中《なか》で、ボブとスチュアートは大喜《おおよろこ》びしていた。さすが、ケビンだ。ちゃんと助《たす》けに来《き》てくれた。そのとき、スチュアートの目《め》がまるくなった。

「ラバトー、ラバトー！」

スチュアートはケビンの背後《はいご》を指《ゆび》さした。うん？　ケビンが振《ふ》り向《む》くと、スカーレットが空《そら》を飛《と》んできた。

「それがあんたの作戦《さくせん》？　大《おお》きくなることが？」

スカーレットは空《そら》に浮《う》かんだまま、大声《おおごえ》で呼《よ》びかけた。

「その分《ぶん》、弾《たま》も当《あ》てやすくなるのよ」

スカートの両脇《りょうわき》から武器《ぶき》があらわれ、弾《たま》が発射《はっしゃ》された。

「ワオ！」

ケビンはあわてて弾《たま》をよけた。


その頃《ころ》、ロンドンに到着《とうちゃく》したミニオンの一団《いちだん》はティールームでお茶《ちゃ》を楽《たの》しんでいた。イギリスの伝統的《でんとうてき》なアフタヌーン・ティーだ。と、突然店《とつぜんみせ》が揺《ゆ》れだした。窓《まど》に黄色《きいろ》の影《かげ》が見《み》える。

「ケビン？」

誰《だれ》かが叫《さけ》んだ。ケビン？　ケビンだ！　みんなは大喜《おおよろこ》びで、ティールームから飛《と》びだしていった。

復讐《ふくしゅう》の鬼《おに》と化《か》しているスカーレットは、ジェットを噴射《ふんしゃ》させて空《そら》を飛《と》び、自《みずか》らケビンに体当《たいあ》たりしようとした。雄《お》たけびをあげながら。

「ウォー！」

ケビンがよけたため、スカーレットの人間爆弾《にんげんばくだん》の直撃《ちょくげき》は免《まぬが》れたが、ケビンの手《て》にいたスチュアートとボブが吹《ふ》きとばされていった。

ふたりが落《お》ちちゃう！　ケビンは急《いそ》いで右手《みぎて》でスチュアートをつかんだ。続《つづ》いて左手《ひだりて》でボブをつかもうとしたが、失敗《しっぱい》してしまった。

何《なに》しろケビンは建物《たてもの》よりはるかに背《せ》が高《たか》くなっている。そんなところから落《お》ちたら、ボブは死《し》んでしまう。ケビンはあわててもう一度《いちど》左手《ひだりて》を伸《の》ばしてボブをすくい、おそるおそる手《て》を開《ひら》いてみた。ボブは無事《ぶじ》だった。

ああ、よかった。

そこへ再《ふたた》び、人間爆弾《にんげんばくだん》のスカーレットが飛《と》んできて、ケビンの顔《かお》に当《あ》たった。ケビンはうしろ向《む》きに倒《たお》れた。どうっと地面《じめん》に横《よこ》ざまになった拍子《ひょうし》に、ケビンの手《て》からスチュアートとボブが転《ころ》がりでた。

空中《くうちゅう》を漂《ただよ》いながら、スカーレットが言《い》いはなった。

「もう二度《にど》と、そのギョロ目《め》のバカ面《づら》を見《み》せないでちょうだい！」

そのとき、『スカーレット！』『スカーレット！』の大歓声《だいかんせい》が聞《き》こえてきた。

何事《なにごと》？　スカーレットが振《ふ》りかえると、防寒着姿《ぼうかんぎすがた》のミニオンの大群《たいぐん》が、はるか下《した》の路上《ろじょう》で声《こえ》をそろえている。

ミニオンたちは、スカーレットが自分《じぶん》たちの新《あたら》しいボスだと思《おも》いこんで、称《たた》えているのだ。

「冗談《じょうだん》でしょ？」

スカーレットは首《くび》を振《ふ》った。ケビン、スチュアート、ボブの三人《さんにん》だけでもうんざりなのに、こんなにミニオンがいたなんて。まずはこいつらからやっつけてやる！

スカーレットのスカートの両脇《りょうわき》から武器《ぶき》が突《つ》きでた。それを見《み》て、ミニオンたちは、あわててあとずさった。

「オーノー！」

「ノーじゃないわよ！」

武器《ぶき》の銃口《じゅうこう》から火《ひ》の弾《たま》が発射《はっしゃ》された。弾《たま》はミニオンたちの頭上《ずじょう》をかすめ、彼《かれ》らの背後《はいご》の道路《どうろ》に命中《めいちゅう》した。道路《どうろ》が陥没《かんぼつ》し、炎《ほのお》に包《つつ》まれた。あわわ……ミニオンたちは大《だい》パニックだ。

「言《い》っておくわ、小憎《こにく》らしい卵《たまご》ちゃんたち。恨《うら》むんならケビンを恨《うら》みなさいよ！」

怒《いか》りに我《われ》を忘《わす》れていたため、スカーレットは背後《はいご》にケビンが忍《しの》びよっていたことに気《き》づかなかった。

バッシーン！　ケビンの巨大《きょだい》な手《て》で殴《なぐ》られ、スカーレットはすっとんでいった。いくつもの建物《たてもの》の壁《かべ》を突《つ》きぬけていき……最後《さいご》の建物《たてもの》が崩《くず》れた。スカーレットは下《した》じきになったにちがいない。

「ワーイ！」

ミニオンの一団《いちだん》がボブとスチュアートに駆《か》けよった。熱《あつ》い抱擁《ほうよう》が繰《く》りかえされると、今度《こんど》はみんなケビンのもとに走《はし》っていった。

「仲間《なかま》！　マーゼトルフ！」

ケビンは膝《ひざ》をついて身《み》をかがめ、ミニオンたちにキスをした。はるばる氷《こおり》の洞窟《どうくつ》からやってきた仲間《なかま》と再会《さいかい》できて、心《こころ》からうれしかった。ケビンがひとりずつにキスしていると、背後《はいご》に殺気《さっき》を感《かん》じた。

「ケビン！」

仲間《なかま》も怯《おび》えた顔《かお》で、ケビンのうしろを指《ゆび》さし、あとずさる。

「もう、ここまでよ！　勝負《しょうぶ》をつけてやる！」

スカーレットだ。まだ生《い》きていたのだ。スカーレットの鋼鉄《こうてつ》のスカートの丈《たけ》が伸《の》びて、ケビンと同《おな》じくらい背《せ》が高《たか》くなっている。

そのスカートが途中《とちゅう》で上下《じょうげ》に分《わ》かれ、ガラスの球体《きゅうたい》があらわれた。その球体《きゅうたい》の正面《しょうめん》から鋼鉄《こうてつ》の長《なが》い筒《つつ》がにょきにょき突《つ》きでてきて、たちまち先端《せんたん》がミサイルのような形《かたち》になった。

ミサイル弾《だん》だ！

ミサイル弾《だん》はまっすぐケビンに向《む》けて発射《はっしゃ》された。

22

ケビンは体《からだ》の正面《しょうめん》でミサイル弾《だん》をつかんだ。弾《たま》の威力《いりょく》で、じりじりと体《からだ》がうしろにのけぞる。脚《あし》をうしろに伸《の》ばして、必死《ひっし》に踏《ふ》んばった。

手《て》を離《はな》したら、おしまいだ。どうしたらいい？　足《あし》もとに目《め》をやると、仲間《なかま》たちが怯《おび》えきっている。みんなを助《たす》けないと！

ええい！　ぱくっ。ケビンはミサイル弾《だん》を口《くち》に放《ほう》りこんだ。

ミニオンたちは息《いき》を呑《の》んだ。ボブが叫《さけ》んだ。

「ケビン！」

そんな！　ミサイル弾《だん》を口《くち》に入《い》れるなんて！　もしも呑《の》みこんで、体《からだ》の中《なか》に入《はい》ったら、爆発《ばくはつ》してしまう！

「はは！　バカなやつ！　楽《たの》しく爆発《ばくはつ》するがいい」

スカーレットは高《たか》らかに笑《わら》い、地面《じめん》からハーブをすくいあげ、一緒《いっしょ》に飛《と》んでいった。

「ベイビー、何《なに》を急《いそ》いでるんだ？」

ハーブが尋《たず》ねた。

「とっとと逃《に》げるのよ！」

ガシッ！　ケビンが右手《みぎて》を伸《の》ばしてスカーレットたちをつかんだ。ミサイル弾《だん》はまだ口《くち》の中《なか》にある。

「離《はな》しなさい！」

スカーレットがわめいたが、ケビンは手《て》を離《はな》さなかった。それどころか、スカーレットのジェット噴射《ふんしゃ》を利用《りよう》して、そのまま一緒《いっしょ》に空《そら》を飛《と》んでいった。

空《そら》の彼方《かなた》に消《き》えていくケビンを、ミニオンたちは呆然《ぼうぜん》と見《み》ていた。

やがて、空一面《そらいちめん》が光《ひか》ったかと思《おも》うと、ドッカーンと大《おお》きな音《おと》が響《ひび》きわたった。みんな、思《おも》わず耳《みみ》をふさいだ。怖々《こわごわ》と空《そら》を見《み》ると、巨大《きょだい》な煙《けむり》の輪《わ》ができている。

「ケ、ケビ〰〰ン！」

ボブは空《そら》に向《む》かって手《て》を伸《の》ばした。

「ラトタ〜」

ボブはわんわん泣《な》きだし、隣《となり》にいたスチュアートにすがった。ケビンが死《し》んでしまった。みんなのために自分《じぶん》を犠牲《ぎせい》にして！

スチュアートはそっと、ボブの背中《せなか》に手《て》を置《お》いた。と、足《あし》もとをネズミが一匹《いっぴき》駆《か》けぬけていく。

「ボブ」

スチュアートはネズミをつかんでボブに見《み》せた。地下道《ちかどう》で仲《なか》よくなったネズミだ。

「チー！」

ボブの顔《かお》が一瞬《いっしゅん》、明《あか》るくなったが、すぐにまたケビンのことを思《おも》い出《だ》して泣《な》きだした。

ミニオンたちはケビンの勇気《ゆうき》を称《たた》え、葬儀《そうぎ》のときに流《なが》れる曲《きょく》をハミングした。ボブもそれに加《くわ》わった。

曲《きょく》がクライマックスに差《さ》しかかったとき、頭上《ずじょう》に影《かげ》がさした。何《なに》か巨大《きょだい》なものに上空《じょうくう》が覆《おお》われたのだ。みんなは、はっと顔《かお》を上《あ》げた。その顔《かお》がたちまち輝《かがや》いた。

「ルカ！」

ボブが空《そら》を指《ゆび》さした。ケビンだ！

もとの大《おお》きさに戻《もど》ったケビンが、巨大《きょだい》なオーバーオールのズボンの部分《ぶぶん》をパラシュートにして、肩紐《かたひも》を両手《りょうて》でつかみ、ふわふわ宙《ちゅう》に浮《う》かんでいる。

「ケビーン！」

みんなはいっせいに駆《か》けよった。

風《かぜ》に吹《ふ》かれてパラシュートが右《みぎ》に左《ひだり》に揺《ゆ》れ、なかなか落下地点《らっかちてん》が定《さだ》まらない。そのたびに、ミニオンたちも右《みぎ》に左《ひだり》に走《はし》った。やがてケビンは塔《とう》にぶつかった。

「いたたっ」

ケビンはうめいた。

パッカパッカ。白《しろ》い四頭《よんとう》の馬《うま》に引《ひ》かれ、王室《おうしつ》の赤《あか》い馬車《ばしゃ》が宮殿《きゅうでん》の前《まえ》に到着《とうちゃく》した。中《なか》からおりてきたのは、ケビン、ボブ、スチュアートだ。ケビンは手《て》でボブの顔《かお》の汚《よご》れを拭《ふ》いてやった。

「よし！」

ケビンを先頭《せんとう》に、三人《さんにん》はレッドカーペットの上《うえ》を歩《ある》いた。両脇《りょうわき》にはたくさんの人《ひと》がいて、拍手《はくしゅ》をしている。

壇《だん》の上《うえ》には白《しろ》いドレスに王冠《おうかん》をかぶったエリザベス女王《じょおう》がいる。女王《じょおう》は、三人《さんにん》が壇《だん》に上《あ》がると、スピーチを始《はじ》めた。

「紳士《しんし》、淑女《しゅくじょ》のみなさん。今日《きょう》はミニオンたちを称《たた》えるために集《あつ》まっていただき、ありがとうございます」

ワ〜！　喝采《かっさい》があがった。前列《ぜんれつ》に並《なら》んでいたミニオンの仲間《なかま》たちも大喜《おおよろこ》びだ。今《いま》ではみんなもオーバーオール姿《すがた》になっていた。

女王《じょおう》は、三人《さんにん》に向《む》かって話《はなし》を続《つづ》けた。

「イギリスはあなたたちに心《こころ》から感謝《かんしゃ》します。ボブ？」

女王《じょおう》は床《ゆか》に膝《ひざ》をついて身《み》をかがめ、ボブの顔《かお》を見《み》つめた。ボブは目《め》を丸《まる》くした。

「ミー？」

「あなたは八時間《はちじかん》、賢《かしこ》くて気高《けだか》い王《おう》でした。だからこの小《ちい》さな王冠《おうかん》を、あなたのクマちゃん、ティムにあげましょう」

横《よこ》に立《た》っている執事《しつじ》から冠《かんむり》を受《う》け取《と》ると、ボブが抱《かか》えているクマのヌイグルミにそれをかぶせた。

「トリマカシ～、トリマカシ～！」

ボブは女王《じょおう》に抱《だ》きついた。

「まあ、ボブ。いい子《こ》ね」

女王《じょおう》はボブの背中《せなか》をぽんぽん叩《たた》いた。

ネルソン一家《いっか》もその光景《こうけい》を見《み》ていた。

「すばらしい！」

一家《いっか》の主人《しゅじん》のウォルターは感激《かんげき》して、大泣《おおな》きしている。

女王《じょおう》は次《つぎ》に、スチュアートの前《まえ》に膝《ひざ》をついた。

「スチュアート。あなたにも、とってもとってもすばらしい贈《おく》り物《もの》があるの……」

スチュアートは期待《きたい》で、目《め》をきらきらさせた。

「……スノードームよ」

「おー、ポグローム？」

スチュアートはがっかりした。自分《じぶん》も小《ちい》さくてもいいから王冠《おうかん》がもらえると思《おも》っていたのだ。横《よこ》でケビンがぷっと噴《ふ》きだした。

「ほら見《み》て、何時間《なんじかん》見《み》ても飽《あ》きないわよ！」

女王《じょおう》はにっと笑《わら》い、スノードームを差《さ》しだした。ドーム形《がた》のガラスの中《なか》で、雪《ゆき》がちらちら舞《ま》って見《み》える。

スチュアートはしかたなくスペイン語《ご》でお礼《れい》を言《い》った。

「イピー。グラシアス」

女王《じょおう》はこらえきれずに、げらげら笑《わら》った。

「いやあね、スチュアート。ちょっとからかっただけよ。怒《おこ》らないで。ケビンのアイデアなんだから」

スチュアートはむっとして、ケビンをにらんだ。女王《じょおう》は続《つづ》けた。

「もっと素敵《すてき》なびっくりプレゼントを用意《ようい》してあるのよ！　ほら、スーパー・メガ・ウクレレよ」

ケビンがエレキギターをスチュアートに手渡《てわた》した。

ビ〜ン、ボ〜ン。スチュアートがギターをつまびくと、イエーイ、と人々《ひとびと》のあいだから歓声《かんせい》があがった。スチュアートは調子《ちょうし》に乗《の》り、ジャンジャカ、ギターをかき鳴《な》らしながら、壇上《だんじょう》を右《みぎ》に左《ひだり》に動《うご》いた。

キャーッ！　女《おんな》の人《ひと》たちが感動《かんどう》して叫《さけ》んだ。壇《だん》に駆《か》けよろうとする彼女《かのじょ》たちを、警官《けいかん》が必死《ひっし》に止《と》める。

テケテケテケ〜。スチュアートの演奏《えんそう》はクライマックスに達《たっ》した。興奮《こうふん》したスチュアートは、ギターを床《ゆか》に叩《たた》きつけて壊《こわ》してしまった。

「ハッ！」

スチュアートは我《われ》に返《かえ》り、ギターの柄《え》を抱《かか》えて呆然《ぼうぜん》とした。せっかくの女王《じょおう》からのプレゼントなのに！　しかたなく、女王《じょおう》の手《て》からスノードームをひったくって、つぶやいた。

「ポグローム。ボンキュー」

女王《じょおう》は呆気《あっけ》に取《と》られていたが、はっと気《き》づいて自分《じぶん》を取《と》りもどした。

「ええと……最後《さいご》はケビンね」

「バラキーダ」

ケビンは深々《ふかぶか》とお辞儀《じぎ》をした。

「あなたはイギリスのヒーローよ。あなたの勇敢《ゆうかん》な行為《こうい》を称《たた》えて、ナイトの称号《しょうごう》を与《あた》えましょう。今《いま》からあなたはサー・ケビンよ。よくやりました」

女王《じょおう》はケビンの両肩《りょうかた》を儀礼用《ぎれいよう》の剣《けん》で触《ふ》れた。これはナイトを授《さず》かった者《もの》に対《たい》する昔《むかし》からの儀式《ぎしき》だ。

それがすむと、ケビンはスチュアートとボブを両脇《りょうわき》に従《したが》え、手《て》をつないで万歳《ばんざい》をした。三人《さんにん》は声《こえ》をそろえて喝采《かっさい》の声《こえ》をあげた。

「クンバヤ！」

宮殿《きゅうでん》の中庭《なかにわ》に詰《つ》めかけた大勢《おおぜい》の人《ひと》たちは、両手《りょうて》を上《あ》げて拍手《はくしゅ》をした。

ケビンは最高《さいこう》に誇《ほこ》らしい気分《きぶん》だった。太古《たいこ》の昔《むかし》から苦労《くろう》を続《つづ》けてきたが、ついにミニオンたちが世界《せかい》に認《みと》められる日《ひ》が来《き》たのだ。これ以上《いじょう》、うれしいことがあるだろうか？　列《れつ》の前方《ぜんぽう》で大喜《おおよろこ》びしている仲間《なかま》を見《み》て、ケビンはにっこりした。

けれど、そのとき胸《むね》がちくりと痛《いた》んだ。何《なに》かが足《た》りない気《き》がしたのだ。それが何《なに》かはわからないが……。

「ホッ、ホッ。すばらしいショーだこと！」

女王《じょおう》が大《おお》げさに両手《りょうて》を叩《たた》いて喜《よろこ》んだ。が、何気《なにげ》なく髪《かみ》に触《ふ》れ、ぎょっとした顔《かお》になった。

「王冠《おうかん》がない！　王冠《おうかん》が消《き》えている！」

23

女王《じょおう》の王冠《おうかん》がなくなった！　どうやら女王《じょおう》が壇上《だんじょう》のミニオンたちに気《き》を取《と》られている隙《すき》に、盗《ぬす》まれたらしい。

群衆《ぐんしゅう》はしんと静《しず》まり返《かえ》った。が、次《つぎ》の瞬間《しゅんかん》、ハチの巣《す》をつついたような騒《さわ》ぎになった。

大変《たいへん》だ！　いったい誰《だれ》の仕業《しわざ》だ？

警官《けいかん》たちも色《いろ》めきたち、あちこちに散《ち》った。

そのとき、王冠《おうかん》を手《て》に人々《ひとびと》の中《なか》をこっそり逃《に》げていく人影《ひとかげ》があった。煤《すす》だらけになったスカーレットとハーブだ。まだあきらめていなかったのだ。ケビンがふたりを見《み》つけた。

「スカーレット！　パパトゥ！」

ケビンは壇《だん》から飛《と》びおりると、一目散《いちもくさん》に駆《か》けだしてふたりを追《お》いかけた。あの爆発《ばくはつ》で死《し》んだとばかり思《おも》っていたのに、なんてしぶといやつらだ！

王冠《おうかん》を抱《かか》えて逃《に》げながら、スカーレットは悔《くや》しそうにつぶやいた。

「あたしは、何《なに》もかも奪《うば》われた。城《しろ》も！　名声《めいせい》も！　もうお先真《さきま》っ暗《くら》よ。まちがいない。でも、少《すく》なくとも王冠《おうかん》は手《て》に入《い》れた！」

そのとき、一瞬《いっしゅん》にして、ふたりは氷《こおり》に覆《おお》われた。スカーレットは王冠《おうかん》を持《も》った両手《りょうて》を突《つ》きだしたまま、文字《もじ》どおり凍《こお》りついた。

いったい、何事《なにごと》？　スカーレット本人《ほんにん》はもちろん、周囲《しゅうい》の人々《ひとびと》も意外《いがい》な出来事《できごと》に、目《め》をぱちくりさせた。

やがて氷《こおり》づけになったふたりに、誰《だれ》かが足《あし》をかけた。黒《くろ》いブーツに黒《くろ》い服《ふく》、と全身黒《ぜんしんくろ》ずくめで、黒《くろ》とグレーのストライプのマフラーを首《くび》に巻《ま》いた少年《しょうねん》だ。黒髪《くろかみ》を横《よこ》に撫《な》でつけ、ぎょろりと大《おお》きな目《め》をしている。

誰《だれ》あろう、若《わか》き日《ひ》の怪盗《かいとう》グルーだ。

グルーは手《て》に黒《くろ》く大《おお》きな銃《じゅう》を持《も》っていた。フリーズ銃《じゅう》だ。この光線《こうせん》を浴《あ》びると、相手《あいて》は一瞬《いっしゅん》にして氷《こおり》に包《つつ》まれて凍《こお》ってしまうのだ。

グルーは氷《こおり》から突《つ》きでたスカーレットの手《て》から、王冠《おうかん》をもぎ取《と》った。

「ちょっと、小僧《こぞう》。それを返《かえ》しなさい！」

スカーレットがきっとして言《い》ったが、氷《こおり》の中《なか》なのでくぐもって聞《き》こえる。

「返《かえ》さないもんね〜」

グルーは小《こ》バカにしたように笑《わら》った。

スカーレットは、ますますむっとした。こんな子《こ》どもに王冠《おうかん》を奪《うば》われたばかりか、バカにされるなんて！

「ちょっと、あたしを誰《だれ》だと思《おも》ってるの？　史上《しじょう》もっとも凶悪《きょうあく》な悪党《あくとう》なのよ！」

「へえ、そうだったのかい？」

グルーは鼻《はな》で笑《わら》った。

ふたりのやり取《と》りを聞《き》いていたケビンは、うっとりとグルーを見《み》た。ついに、ボスを見《み》つけたぞ！

「カミイ！」

ケビンは仲間《なかま》を呼《よ》びよせると、

「ルカ〜！」

と、グルーを指《ゆび》さした。ようやく最高《さいこう》のボスに巡《めぐ》り合《あ》えたのだ。わらわらと集《あつ》まってきたミニオンたちも、グルーを見《み》て、目《め》をきらきらさせた。

グルーは涼《すず》しい顔《かお》で、王冠《おうかん》を抱《かか》えたまま愛用《あいよう》の大型《おおがた》バイクにまたがった。

ボン！　ハンドルのボタンを押《お》すと、バイクの車体《しゃたい》は銀色《ぎんいろ》の戦闘機《せんとうき》になり、両脇《りょうわき》から翼《つばさ》が突《つ》きでた。

「ワオ〜」

ミニオンたちは丸《まる》い目《め》をさらに丸《まる》くして、その様子《ようす》を眺《なが》めていた。

ブオーン！　黒《くろ》い煙《けむり》を残《のこ》し、グルーの戦闘機《せんとうき》はたちまち空《そら》の彼方《かなた》に消《き》えていった。王冠《おうかん》を載《の》せたまま。

「ボス！　ボス！」

ケビンは仲間《なかま》たちと抱《だ》き合《あ》った。そして次《つぎ》の瞬間《しゅんかん》には、グルーを追《お》って駆《か》けだしていた。

スカーレットが氷《こおり》の中《なか》でがっくりきていると、ボブがとことこ戻《もど》ってきた。

「ヘイ、ヘイ、パラートゥ！」

ボブは女王《じょおう》からもらった小《ちい》さな王冠《おうかん》をスカーレットに差《さ》しだした。

「くれるの？」

「バイバイ！」

スカーレットは力《ちから》なく、王冠《おうかん》を受《う》け取《と》った。ボブは片手《かたて》にクマのヌイグルミのティム、もう片方《かたほう》の手《て》にネズミを抱《かか》えて、仲間《なかま》たちのところに戻《もど》っていった。

「ボス、ボス～！」

ミニオンの一団《いちだん》は、グルーの戦闘機《せんとうき》を追《お》って走《はし》っていった。

思《おも》えば地球上《ちきゅうじょう》に人類《じんるい》が誕生《たんじょう》するはるか昔《むかし》から、ミニオンたちはずっとボスを探《さが》しつづけていた。

あれからどれほど時《とき》が流《なが》れただろう？　あちこち場所《ばしょ》を転々《てんてん》としながら、さまざまな歴《れき》史的瞬間《してきしゅんかん》にも立《た》ち会《あ》った。歴史《れきし》に名《な》を残《のこ》す人々《ひとびと》にも仕《つか》えた。けれど、いつも心《こころ》の中《なか》でもの足《た》りなさを感《かん》じていた。

自分《じぶん》たちを心《こころ》からわくわくさせてくれるボス。クールでかっこいいボス。１９６８年《ねん》のロンドンで、ミニオンたちはついにそんなボスを見《み》つけたのだ。

怪盗《かいとう》グルー。彼《かれ》についていけば、きっと素敵《すてき》な冒険《ぼうけん》ができるだろう。何《なに》しろあのスカーレット・オーバーキルから、一瞬《いっしゅん》にして王冠《おうかん》を奪《うば》った男《おとこ》なのだから。

グルーの度胸《どきょう》と頭脳《ずのう》。そしてミニオンたちの団結力《だんけつりょく》があれば、何《なに》も怖《こわ》いものはない。きっと、どでかいことをやってのけられるはずだ。

こうしてミニオンたちは怪盗《かいとう》グルーの手下《てした》となって働《はたら》き、数々《かずかず》の大冒険《だいぼうけん》をなし遂《と》げることになるのだが、それはまた別《べつ》のお話《はなし》……。

【おわり】

Shogakukan Junior Bunko

★小学館ジュニア文庫★

ミニオンズ

2015年11月16日　初版第1刷発行
2017年 9 月10日　　第5刷発行

著者／澁谷正子
脚本／ブライアン・リンチ

発行者／立川義剛
印刷・製本／中央精版印刷株式会社
デザイン／水木麻子
編集／中村美喜子

発行所／株式会社　小学館
〒101-8001　東京都千代田区一ツ橋2－3－1
電話　編集　03-3230-5105
　　　販売　03-5281-3555

Printed in Japan　ISBN 978-4-09-230836-7

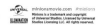